KB201481

오즈의 마법사

허밍버드 클래식 02
오즈의 마법사
The wonderful wizard of OZ

2013년 01월 20일 초판 01쇄 발행
2019년 08월 25일 초판 07쇄 발행

—

지은이 L. 프랭크 바움　원작 일러스트 W. W. 덴슬로우　옮긴이 부희령　일러스트 7321DESIGN 신관철, 진효미

—

발행인 이규상　아트 디렉팅 7321DESIGN 김한　단행본사업본부장 임현숙　책임편집 김연주
편집팀 이소영, 강정민, 황유라　디자인팀 손성규, 이효재
마케팅팀 이인국, 전연교, 윤지원, 김지윤　영업지원 이순복

—

펴낸곳 (주)백도씨
출판등록 제2012-000170호(2007년 6월 22일)
주소 03044 서울시 종로구 효자로 7길 23, 3층 (통의동 7-33)
전화 02 3443 0311(편집) 02 3012 0117(마케팅)　팩스 02 3012 3010
이메일 book@100doci.com(편집·원고 투고)　valva@100doci.com(유통·사업 제휴)
블로그 http://blog.naver.com/h_bird　인스타그램 @100doci

—

ISBN　978-89-94030-99-9　04840
ISBN　978-89-94030-97-5　(세트)

허밍버드 는 (주)백도씨의 출판 브랜드입니다.

BY L. FRANK BAUM PICTURES BY W.W. DENSLOW

오즈의 마법사

부희령 옮김

BY 7321 DESIGN™

허밍버드
Hummingbird

지은이 L. 프랭크 바움 *L. Frank Baum*

1856년 미국 뉴욕 주 시터냉고에서 태어났으며 잡지 편집자, 신문기자, 배우 등 다양한 직업을 거쳤다. 자신의 아이들을 위해 글을 쓰기 시작한 것이 동화 작가로 들어선 계기가 되었다. 1899년 W. W. 덴슬로우와 작업한《아빠 거위, 그의 책 Father Goose, His Book》이 좋은 반응을 얻었고, 이듬해인 1900년 또 한 차례 공동 작업으로 펴낸《오즈의 마법사》가 베스트셀러가 되면서 독자들과 비평가들에게 큰 사랑을 받았다. 수많은 독자들의 요청으로 후속작을 쓰기 시작했고, 1919년 세상을 떠날 때까지 모두 14권에 이르는 '오즈 시리즈'를 발표했다.

원작 일러스트 W. W. 덴슬로우 *W. W. Denslow*

1856년 미국 펜실베이니아 주 필라델피아에서 태어나 뉴욕 국립 디자인학교에서 그림을 공부했다. 1890년대부터 다양한 잡지 및 신문에 삽화를 그리며 명성을 쌓았다. 그의 대담하면서도 사랑스러운 일러스트가 수록된《오즈의 마법사》가 큰 성공을 거두자, 버뮤다 제도에 위치한 작은 섬을 사 그곳에서 꾸준히 그림을 그렸다. 1915년 세상을 떠났다.

옮긴이 부희령

서울대학교 심리학과에서 공부했고, 2001년 단편소설 〈어떤 갠 날〉로 경향신문 신춘문예에 당선되었다. 소설 쓰는 일과 외국의 좋은 책을 우리말로 소개하는 일을 함께 하고 있다. 지은 책으로는 단편소설집《꽃》, 청소년 소설《고양이 소녀》등이 있으며, 옮긴 책으로는《버리기 전에는 깨달을 수 없는 것들》,《런던 아이 미스터리》,《고양이 철학자 요 미우 마》,《여자는 무엇으로 사는가》,《새로운 엘리엇》,《도시남녀, 선방 가다》,《모래 폭풍이 지날 때》외에 다수가 있다.

옮긴이의 말

도로시라는 어린 소녀가 있습니다. 온통 잿빛으로 둘러싸인 넓고 황폐한 들판의 작은 오두막집에서 아저씨 아줌마와 살고 있습니다. 아저씨 아줌마는 영어로 uncle과 aunt이니, 삼촌과 숙모(외삼촌과 외숙모) 또는 이모와 이모부(고모와 고모부)일 수도 있을 겁니다. 어쨌든 도로시는 고아이지요. 그러던 어느 날, 도로시는 회오리바람을 타고 낯선 나라로 날아가게 됩니다. 그곳에서 별난 친구들을 만나고, 갖가지 모험을 경험합니다. 흥미로운 점은 고아이며 나이 어린 도로시가 어떤 일을 당해도 의연함을 잃지 않고 늘 긍정적이라는 것입니다. 또 하나 주목할 만한 부분은, 무지개처럼 화려한 오즈의 나라에 오게 된 이후로 도로시가 간절히 고향 캔자스로 돌아가려고 한다는 것입니다. 캔자스는 웃을 일조차 거의 없으며, 평범하고 가난한 일상을 하루하루 이어가야 하는 곳임에도요.

생각해보면, 허수아비나 양철 나무꾼이나 사자뿐만 아니라 우리 인간에게도 지혜와 사랑, 용기는 살아가는 데 반드시 필요한 미덕입니다. 어쩌면 도로시와 함께 모험을 떠난 세 친구들은 어린 도로시의 마음에 이미 싹을 틔운 지혜와 사랑, 용기를 각각 상징할지도 모릅니다. 그리고 그런 것들이 이미 자기 안에 있음을 깨닫기 위해 도로시는 어렵고도 위험한 길을 헤쳐나가야 하는 것이고요. 지혜와 사랑, 용기와 같은 미덕은 돈이나 명예, 미모같이 화려하지만 곧 물거품처럼 사라지고 마는 것들과 다르다는, 단순하고

도 명백한 진실에 눈뜨기 위한 과정이 필요했을 것입니다.

《오즈의 마법사》는 도로시의 목소리를 빌려 말하고 있습니다. 무지개 저 너머에 무엇인가 대단한 것이 있고, 소원을 들어주는 마법사가 모든 것을 해결해주리라 믿는 한, 세상은 온통 잿빛인 황폐한 들판 같을 것이라고. 또한 희망을 잃지 않고 하루하루의 삶을 긍정적으로 헤쳐나가다 보면, 어느새 지혜와 사랑, 용기를 지닌 내가 아름다운 세상에 서 있음을 발견하게 될 것이라고. 그러니 속는 셈 치고 한번 믿어보라고.

1900년 처음 세상에 나온《오즈의 마법사》는 백 년이 넘는 세월 동안 수많은 어른과 어린이들에게 사랑받았습니다. 저자인 L. 프랭크 바움은 오로지 독자에게 즐거움을 주기 위해 책을 썼노라 말하고 있습니다. 하지만 제가 이 책을 새롭게 우리말로 옮기며 느낀 점은,《오즈의 마법사》는 단순한 즐거움뿐 아니라 인간에 대한 깊은 통찰과 지혜, 삶에 대한 무한한 긍정을 담고 있다는 것이었습니다. 그렇기 때문에 그 오랜 세월 많은 이들에게 끊임없이 사랑받았고, 오늘날에도 그 사랑이 식지 않는 것이겠지요.

부희령

CONTENTS

DOROTHY
24TH
NOV
17

Chapter 1

회오리바람

The Cyclone

thereafter be free for evermore."

The Scarecrow and the Tin Woodman and the Lion now thanked the Good Witch earnestly for her kindness and Dorothy exclaimed

도로시는 넓디넓은 캔자스 대평원 한가운데서 농부인 헨리 아저씨, 엠 아줌마 부부와 함께 살고 있었다. 도로시네 집은 작았다. 집 짓는 데 필요한 통나무를 아주 먼 곳에서 마차로 싣고 와야 했기 때문에 집을 작게 지을 수밖에 없었다. 집이라고는 해도 고작 네 벽과 마루 그리고 지붕으로 이루어진 방 하나가 있을 뿐이었다. 방에는 음식을 만들 때 쓰는 녹슨 화덕과 그릇을 넣어두는 찬장, 식탁 하나, 의자 서너 개에 침대 두 개가 놓여 있었다. 헨리 아저씨와 엠 아주머니는 한쪽 구석의 큰 침대를, 도로시는 다른 쪽 작은 침대를 썼다. 다락도 없고 지하실이라 할 만한 것도 없었지만, 바닥에 작은 구덩이가 하나 있었다. '회오리바람 지하실'이라고도 불린 그곳은 집을 쓰러뜨릴 정도로 거센 회오리바람이 불어닥치면 가족이 몸을 피하

도록 마련해둔 것이었다. 좁고 어두운 구덩이에 들어가려면 마룻바닥 한가운데에 뚜껑처럼 생긴 문을 연 다음 사다리를 타고 내려가야 했다.

현관문 앞에 서서 주위를 둘러보면 그저 광활한 잿빛 대평원일 뿐 다른 아무것도 보이지 않았다. 나무 한 그루, 집 한 채 없는 드넓은 들판이 하늘과 맞닿은 지평선까지 사방으로 끝없이 펼쳐져 있었다. 갈아엎은 땅은 뜨거운 햇볕에 달궈져서 갈라지고 터진 채 단단한 잿빛 흙덩이로 변해버렸다. 풀조차도 푸른색이 아니었다. 풀잎의 긴 줄기 끝이 햇볕에 말라버려 대평원 어디서나 볼 수 있는 잿빛을 띠고 있었다. 도로시가 사는 집도 예전에 페인트칠을 했지만, 햇볕에 트고 빗물에 씻겨 칠이 벗겨졌다. 그래서 지금은 주위에 있는 모든 것과 마찬가지로 우중충한 잿빛이었다.

엠 아줌마가 처음 그곳에 왔을 때는 젊고 어여쁜 새색시였다. 하지만 해와 바람은 아줌마까지도 변하게 했다. 눈빛에서 반짝임이 사그라지고, 뺨과 입술에는 붉은빛이 온데간데없이 수수한 잿빛만 남았다. 여위고 수척해졌으며, 이제는 소리 내어 웃는 일도 없었다.

고아인 도로시가 처음 이곳에 왔을 때 엠 아줌마는 아이의 웃음소리에 깜짝 놀랐다. 도로시의 밝은 목소리가 귀에 들릴 때마다 놀라서 외마디 소리를 지르고는 가슴에 손을 얹어 진정하곤 했다. 그리고 웃을 수 있는 일이라면 무엇이든 찾아내는 어린 여자애에게 또 한 번 놀라 아이를 한참이고 바라보곤 했다.

헨리 아저씨도 좀처럼 웃지 않았다. 아침부터 밤까지 열심히 일만 했으며, 기쁨이 어떤 감정인지조차 알지 못했다. 늘 무뚝뚝하고 엄격한 표정일 뿐 말을 하는 일도 거의 없었다. 아저씨 또한 긴 수염부터 투박한 장화까지 모두 잿빛이었다.

도로시를 웃게 하는 것은 강아지 토토였다. 토토가 없었더라면 도로시도 주위에 있는 다른 모든 것처럼 잿빛으로 변했을 것이다. 토토는 잿빛이 아니었다. 까맣고 매끄러운 털이 복슬복슬했다. 우스꽝스럽고

앙증맞은 코, 그 양옆에 자리 잡은 작고 새까만 눈은 장난기를 띠고 초롱초롱 빛났다. 토토는 온종일 뛰어놀았고, 도로시도 함께였다. 도로시는 토토를 마음 깊이 사랑했다.

하지만 오늘 도로시와 토토는 뛰어놀지 못했다. 헨리 아저씨가 현관 계단에 앉아 다른 날보다 더 짙은 잿빛 하늘을 근심스럽게 올려다보고 있었다. 도로시도 토토를 품에 안은 채 문간에 서서 하늘을 올려다보았다. 엠 아줌마는 설거지를 하고 있었다.

먼 북쪽으로부터 낮게 흐느끼는 듯한 바람 소리가 들려왔다. 헨리 아저씨와 도로시는 폭풍이 오기 전이면 늘 그렇듯이 길게 자란 풀밭이 물결치며 눕는 것을 보았다. 그러자 이번에는 휘파람을 부는 것처럼 날카로운 바람 소리가 남쪽에서 들려왔다. 두 사람이 소리 나는 방향을 바라보니 그쪽에서도 풀의 잔물결이 몰려오고 있었다.

헨리 아저씨가 벌떡 일어섰다.

“여보, 회오리바람이 불어오려고 해. 나는 헛간에 가봐야겠어.”

헨리 아저씨가 엠 아줌마를 향해 소리치며 소와 말이 있는 헛간으로 달려갔다. 아줌마는 설거지를 멈추고 달려나왔고, 위험이 눈앞에 닥쳤음을 한눈에 알아보았다.

“서둘러, 도로시! 어서 지하실로 가!”

아줌마가 소리쳤다. 그때 토토가 도로시의 품에서 뛰쳐나와 침대 밑으로 숨었다. 도로시는 토토를 붙잡으러 달려갔다. 잔뜩 겁에 질린 아줌마는 마루에 있는 문 뚜껑을 열어젖히고, 구덩이로 내려가기 시작했다. 마침내 토토를 붙잡은 도로시도 뒤쫓아 달렸다. 하지만 방을 반쯤 가로질렀을 때 높고 날카로운 바람 소리가 들리더니 집이 심하게 흔들렸고, 비틀거리던 도로시는 바닥에 주저앉고 말았다. 그때 이상한 일이 일어났다. 집이 두세 바퀴 빙글빙글 돌더니 천천히 공중으로 떠올랐다. 도로시는 마치 하늘로 오르는 풍선 위에 앉아 있는 기분이었다.

남과 북 양쪽에서 불어온 바람이 도로시의 집이 있는 바로 그 자리에서 만나 회오리바람의 중심을 이룬 것이었다. 보통 회오리바람의 한가운데에는 바람이 불지 않지만, 사방에서 몰려오는 엄청난 공기의 힘 때문에 집은 자꾸만 위로 밀려 올라갔다. 그리고 마침내 회오리바람의 맨 꼭대기에 이르렀다. 집은 깃털처럼 가볍게 바람의 꼭대기에 올라앉아 멀리멀리 날아갔다.

밖은 캄캄하고 바람이 집 주위를 맴돌며 무시무시하게 윙윙거렸지만, 도로시는 편안하게 바람에 실려갔다. 집은 처음에 몇 바퀴 돌고 난 다음 한두 번 심하게 기울어졌다. 그때도 도로시는 요람 속 아기가 된 것처럼 집이 부드럽고 기분 좋게 흔들린다고 느꼈다.

토토는 그런 모든 상황을 좋아하지 않았다. 방 안을 이리저리 돌아다니며 시끄럽게 짖어댔다. 하지만 도로시는 마룻바닥에 앉아서 앞으로 어떤 일이 일어날지 조용히 기다렸다.

"She caught Toto by the ear."

한번은 토토가 문 뚜껑이 열려 있는 쪽으로 가까이 갔다가 밖으로 떨어지고 말았다. 순간, 도로시는 토토를 잃어버렸다고 생각했다. 하지만 곧 토토의 귀가 구멍 위로 삐죽 올라왔다. 공기의 강한 압력 덕분에 땅에 떨어지지 않고 그대로 공중에 떠 있었던 것이다. 도로시는 구멍 근처로 기어가 토토의 귀를 잡고 방으로 끌어들였다. 그런 다음 더 이상 사고가 나지 않도록 뚜껑을 꼭 닫았다.

시간이 흐르면서 두려움은 점차 사라졌지만, 그 대신 도로시는 외로워졌다. 집 주위를 도는 바람 소리가 비명을 질러대는 것처럼 시끄러워서 귀청이 떨어질 지경이었다. 처음에 도로시는 집이 땅 위에 떨어져 산산조각 나면 자기도 팽개쳐지지 않을까 걱정스러웠다. 하지만 몇 시간이 지나도 그런 끔찍한 일은 일어나지 않았기 때문에, 걱정은 그만하고 앞으로 일어날 일을 침착하게 기다리기로 마음먹었다.

마침내 도로시는 이리저리 흔들리는 마룻바닥을 기어서 자기 침대에 가 누웠다. 토토도 따라와 도로시 옆에 엎드렸다. 집은 춤추듯 흔들리고 바람은 요란하게 윙윙거렸지만, 도로시는 눈을 감자마자 깊은 잠에 빠져들었다.

Chapter 2

먼치킨들과의 만남

The Council with The Munchkins

도로시는 갑자기 무엇엔가 쾅 부딪치는 바람에 눈을 떴다. 푹신한 침대에 누워 있지 않았다면 다칠 수도 있었다. 무슨 일이 일어난 걸까 숨을 죽인 채 불안해했다. 토토가 차가운 코를 도로시의 얼굴에 앙증스럽게 문지르며 낑낑거렸다. 도로시는 일어나 앉았다. 이제는 집이 움직이지 않는다는 것을 알 수 있었다. 밖이 어둡지도 않았다. 환한 햇살이 창문으로 쏟아져 들어와 작은 방을 가득 채우고 있었다.

침대에서 뛰어내린 도로시는 발뒤꿈치를 졸졸 따르는 토토와 함께 문 쪽으로 달려갔다. 그리고 문을 연 순간, 깜짝 놀라 자기도 모르게 소리를 지르며 주위를 둘러보았다. 눈앞에 펼쳐진 멋진 풍경에 두 눈이 점점 더 휘둥그레졌다.

회오리바람이 옮겨온 것치고는 아주 사뿐히, 게다가 빼어나게 아름다운 전원 한복판에 집이 내려앉은 것이다. 싱그럽고 푸른 풀밭이 펼쳐져 있었고, 위풍당당하게 서 있는 나무마다 잘 익은 열매가 주렁주렁 달려 있었다. 곳곳에 화려한 꽃밭이 있고, 숲과 덤불에는 화려한 색깔의 깃털을 가진 새들이 날갯짓하며 노래하고 있었다. 저쪽에는 작은 시내가 반짝이며 초록색 강둑 사이를 흘러가는 게 보였다. 오랫동안 메마른 잿빛 대평원에서 살아온 어린 소녀의 귀에는 졸졸졸 흐르는 시냇물 소리가 참으로 상쾌하게 들렸다.

낯설고 아름다운 풍경에 그만 한참을 넋 놓고 있던 도로시는 한 번도 본 적이 없는 이상야릇하게 생긴 사람 몇이 다가오고 있음을 뒤늦게 알아차렸다. 그 사람들은 도로시가 늘 보던 어른들만큼 키가 크지는 않았다. 그렇다고 아주 작은 것도 아니었다. 또래 아이들보다 큰 편인 도로시와 엇비슷한 정도였다. 하지만 나이는 도로시보다 훨씬 더 많아 보였다.

그들은 남자 셋에 여자 한 사람으로, 기묘한 옷차림을 하고 있었다. 모두 끝이 뾰족하게 솟아오른 둥근 모자를 머리에 썼는데, 남자들 것은 파란색, 여자는 하얀색이었다. 모자의 테두리에는 움직일 때마다 짤랑짤랑 소리가 나는 작은 종이 매달려 있었다. 여자는 어깨에서 주름을 잡아 길게 늘어뜨린 하얀색 드레스를 입었는데, 작은 별이 흩뿌려진 무늬가 새겨져 있었다. 그 작은 별들은 햇빛을 받아 다이아몬드처럼 반짝였다. 남자들은 모자와 색을 맞춘 파란 옷을 입고 있었다. 또 윤이 나게 잘 닦은 장화는 파란색 목 부분이 보이도록 밖으로 접혀 있었다.

도로시는 남자 중에 수염이 있는 두 사람은 헨리 아저씨와 나이가 비슷할 것 같다고 생각했다. 그러나 키 작은 여자는 훨씬 더 나이가 많은 게 분명했다. 얼굴에 주름이 자글자글 잡혀 있었고 머리카락도 거의 백발이었기 때문이다. 게다가 걷는 것도 조금 불편해 보였다.

도로시는 현관 앞에 서서 그들이 다가오는 모습을 바라보고 있었다. 사람들은 잠시 걸음을 멈추고 자기네끼리 무슨 말인가를 속삭였다. 더는 가까이 오기를 꺼리는 것처럼 보였다. 하지만 잠시 후 몸집이 작은 할머니가 도로시에게 다가와서는 허리 굽혀 인사한 뒤 상냥하게 말했다.

"위대하고 위대한 마법사님, 먼치킨 나라에 오신 것을 환영해요. 마법사님께서 동쪽의 못된 마녀를 죽여 준 덕분에 이곳은 노예 생활에서 벗어났답니다."

도로시는 어리둥절했다. 왜 이 할머니가 자기를 마법사라고 부르는 것인지, 동쪽의 못된 마녀를 처치했다는 건 또 무슨 말인지 도무지 의미를 알 수 없었다. 도로시는 그저 회오리바람을 타고 고향에서 멀리 떨어져 낯선 곳까지 왔을 뿐, 정말 아무것도 모르는 순진하고 어린 소녀였다. 더구나 이제까지 살면서 뭘 죽이기는커녕 누군가와 싸워본 적도 없었다.

하지만 할머니는 도로시가 어떤 말이라도 해주기를 바라는 게 분명했다. 그래서 도로시는 조심스럽게 입을 열었다.

"그런 말씀을 해주시다니 매우 친절하신 분이네요. 하지만 오해가 있는 것 같아요. 저는 뭔가를 죽이거나 하지 않았거든요."

"어쨌든 당신 집이 그렇게 한 거잖아요."

할머니는 웃으면서 대꾸했다.

"그러니까 당신이 한 일이나 마찬가지예요. 저기를 보세요!"

할머니는 집 한쪽 귀퉁이를

가리키며 말을 이었다.

"저기 발 두 개가 보이죠? 나무 받침대 아래 튀어나와 있는 거 말이에요."

그것을 본 도로시는 깜짝 놀라 낮게 비명을 질렀다. 집의 받침대 역할을 하는 커다란 나무 들보의 귀퉁이 밑에 끝이 뾰족한 은색 구두를 신은 두 발이 삐죽 튀어나와 있었다.

"이런! 이걸 어째!"

도로시는 당황해서 두 손을 모은 채 소리쳤다.

"집이 저분 위로 떨어졌나 봐요. 이를 어쩌면 좋죠?"

"그냥 놔두면 돼요."

할머니가 침착하게 말했다.

"하지만 저분은 누구예요?"

도로시가 물었다.

"내가 말했듯이, 저 여자는 동쪽의 못된 마녀예요. 먼치킨들을 붙잡아 노예로 만들어서 오랜 세월 밤낮으로 부려먹었어요. 그런데 이제 먼치킨 모두 자유를 얻었지요. 당신 덕분이라고 다들 얼마나 고마워하는지 몰라요."

"먼치킨들이 누구죠?"

"바로 여기, 못된 마녀가 다스리던 동쪽 나라에 살고 있는 사람들이에요."

"할머니도 먼치킨인가요?"

"아니에요. 북쪽 나라에 살고 있는 난 그들의 친구예요. 먼치킨들이 동쪽 마녀가 죽은 것을 보고 재빨리 소식을 전해주었어요. 그래서 곧장 여기 왔고요. 난 북쪽의 마녀거든요."

"어머나! 할머니가 정말 마녀예요?"

"그럼요, 정말이지요. 하지만 나는 착한 마녀예요. 그래서 사람들이 좋아하죠. 나는 이 나라를 지배했던 못된 마녀만큼 힘이 세지 못해요. 내가 그만큼 힘이 셌더라면 이 나라 사람들을 벌써 자유롭게 풀어주었을 테지요."

"저는 마녀들은 다 못된 줄 알았어요."

진짜 마녀를 만나자 조금 겁이 난 도로시가 말했다.

"그렇지 않아요. 그건 잘못 알고 있는 거예요. 오즈의 나라에는 네 명의 마녀가 있는데, 북쪽과 남쪽에 사는 마녀는 착한 마녀예요. 내가 그 둘 가운데 하나이니 잘못 알 리 없지요. 동쪽과 서쪽에 사는 둘은 정말로 못된 마녀들이에요. 그런데 당신이 그중 하나를 죽였으니 오즈의 나라에는 못된 마녀가 오직 하나밖에 남지 않았어요. 바로 서쪽 마녀지요."

"하지만……."

도로시가 잠시 생각하고 나서 다시 말했다.

"엠 아줌마는 마녀들이 죽었다고 했는데요. 아주 먼 옛날에 모두 죽었다고요."

"엠 아줌마가 누구죠?"

"캔자스에 사는 친척 아주머니예요. 저는 캔자스에서 왔어요."

북쪽 마녀가 땅바닥을 내려다보면서 잠시 생각하더니, 고개를 들고 말했다.

"난 캔자스가 어딘지 몰라요. 그런 나라 이름은 들어본 적이 없거든요. 그곳은 문명화된 나라인가요?"

"어머, 그럼요!"

"그렇다면 이해되네요. 문명이 발달한 나라에는 마녀나 마법사, 마술사들이 남아 있지 않다더군요. 하지만 오즈의 나라는 다른 세계와 동떨어져 있기 때문에 문명화되지 않았어요. 그래서 이곳에는 아직도 마녀와 마법사들이 있는 거지요."

"마법사들이 누구예요?"

"바로 오즈가 그중에서도 가장 위대한 마법사인데, 네 마녀를 모두 합친 것보다 힘이 세지요. 에메랄드 시에 살고 있어요."

도로시가 막 또 다른 질문을 하려는 순간, 아무 말 없이 뒤에 서 있던 먼치킨들이 시끄럽게 소리 지르며 못된 마녀가 깔린 집의 한 귀퉁이를 손가락으로 가리켰다.

"무슨 일이죠?"

할머니 마녀가 이렇게 말하며 먼치킨들이 가리키는 곳을 돌아보더니 큰 소리로 웃기 시작했다. 죽은 마녀의 발이 완전히 사라지고, 그 자리에 은 구두 한 켤레만이 남아 있었다.

"너무 늙은 마녀였어요. 그래서 햇볕에 빨리 말라버렸네요. 저 마녀는 저걸로 끝이에요. 하지만 은 구두는 아가씨가 가지세요. 이 구두는 아가씨가 신어야 해요."

할머니 마녀는 허리를 굽혀 구두를 집어 올렸다. 그리고 먼지를 털어낸 다음 도로시에게 건넸다.

"동쪽 마녀는 은 구두를 자랑스럽게 여겼어요. 구두에 마법의 힘이 있대요. 우리는 그 힘이 어떤 건지 모르지만요."

먼치킨들 가운데 한 명이 말했다.

도로시는 구두를 받아든 다음 집 안으로 들어가 식탁 위에 놓았다. 그리고 다시 밖으로 나와 먼치킨들에게 말했다.

"저는 빨리 아줌마와 아저씨에게 돌아가고 싶어요. 두 분이 제 걱정을 하실 테니까요. 돌아가는 길을 좀 알려주실 수 있나요?"

먼치킨들과 마녀는 잠시 서로를 바라보더니, 도로시를 향해 고개를 저었다.

"여기에서 가까운 동쪽에는 거대한 사막이 있어요. 거길 건너간 사람은 아무도 없었어요."

첫 번째 먼치킨이 말했다.

"남쪽도 마찬가지예요. 내가 가 본 적이 있는데, 그곳에는 쿼들링이라는 사람들이 살고 있어요."

두 번째 먼치킨이 말했다.

"내가 듣기로는 서쪽에도 사막이 있대요. 윙키들이 사는 그곳은 못된 마녀가 다스리고 있어요. 그쪽으로 지나가면 서쪽 마녀가 아가씨를 붙잡아 노예로 만들어버릴 거예요."

세 번째 먼치킨도 거들었다.

"북쪽은 내가 사는 곳이에요. 그런데 그곳도 오즈의 나라처럼 거대한 사막으로 둘러싸여 있어요. 아무래도 아가씨는 우리와 함께 살 수밖에 없겠는데요."

할머니 마녀가 말했다.

도로시는 그 말을 듣고 흐느끼기 시작했다. 낯선 사람들 사이에서 외로웠기 때문이다. 도로시가 눈물을 흘리자 마음씨 착한 먼치킨들도 덩달아 슬퍼진 것 같았다. 손수건을 꺼내더니 훌쩍훌쩍 울기 시작했다. 할머니 마녀는 모자를 벗더니 뾰족한 모자 끝을 코 위에 올려놓고 쓰러지지 않도록 중심을 잡았다. 그리고 엄숙한 목소리로, "하나, 둘, 셋" 하고 세었다. 그러자 모자가 석판으로 변했고, 그 위에 흰색 분필로 쓴 커다란 글씨가 나타났다.

"도로시를 에메랄드 시로 보낼 것!"

할머니 마녀가 코에서 석판을 내리더니 거기에 적힌 글을 읽고는 도로시에게 물었다.

"아가씨 이름이 도로시인가요?"

"네."

도로시가 눈물을 닦으면서 마녀를 바라보았다.

"그럼 아가씨는 에메랄드 시로 가야만 해요. 오즈가 아가씨를 도와줄지도 몰라요."

"에메랄드 시는 어디에 있어요?"

"이 나라의 한가운데에 있답니다. 내가 말한 위대한 마법사 오즈가 다스리는 곳이에요."

"그 마법사는 착한 사람인가요?"

도로시가 걱정스럽게 물었다.

"오즈는 착한 마법사예요. 그런데 남자인지 여자인지는 잘 몰라요. 난 아직 한 번도 오즈를 만난 적이 없거든요."

"어떻게 가면 되나요?"

"걸어가야 해요. 긴 여행이 될 거예요. 가다 보면 즐거운 곳도 있고, 어둡고 무시무시한 곳도 있을 거고요. 하지만 아가씨가 다치지 않도록 내가 아는 마법을 다 쓰겠어요."

"함께 가시지 않을래요?"

도로시는 간절히 부탁했다. 이제 도로시에게는 키 작은 할머니 마녀가 오직 하나뿐인 친구처럼 느껴졌다.

"안 돼요. 나는 그럴 수 없어요. 하지만 내가 입을 맞춰줄게요. 누구도 북쪽 마녀가 입을 맞춰준 사람을 괴롭힐 수 없으니, 아가씨를 해치지 못할 거예요."

할머니 마녀가 다가와 도로시의 이마에 살짝 입을 맞췄다. 잠시 뒤에 도로시는 마녀의 입술이 닿은 자리에 동그랗게 빛나는 자국이 생겼음을 알아차렸다.

"에메랄드 시로 가는 길에는 노란 벽돌이 깔려 있어요. 그러니 길을 잃을 리는 없어요. 오즈를 만나면 무서워하지 말고, 아가씨가 처한 상황을 모두 말하고 도와달라고 부탁해요. 자, 그럼 잘 가요."

마녀가 말을 마치자 먼치킨들이 도로시에게 허리 굽혀 인사하면서 무사한 여행이 되기를 기원했다. 그러고 나서 그들은 숲으로 걸어 들어갔다. 마녀는 도로시를 향해 상냥하게 고개를 끄덕인 뒤, 왼쪽 발꿈치를 땅에 대고 세 차례 빙글빙글 돌더니 곧바로 사라져 버렸다. 토토가 크게 짖어댔다. 마녀가 곁에 있을 때는 겁이 나서 으르렁거리지도 못하다가 갑자기 사라지자 깜짝 놀란 것이다.

그러나 도로시는 그다지 놀라지 않았다. 마녀는 으레 그런 식으로 사라지리란 것을 예상하고 있었기 때문이다.

Banque de Barcelonnette

Barcelonnette

(B-Alpes)

Chapter 3

허수아비와의 만남

How Dorothy saved the Scarecrow

홀로 남겨진 도로시는 배가 고파졌다. 그래서 찬장으로 가서 빵을 꺼내어 버터를 발라 먹었다. 토토에게도 빵을 조금 나누어준 다음, 선반에 있던 양동이를 들고 시냇가로 가서 깨끗하고 맑은 물을 가득 채웠다. 숲으로 달려간 토토가 나뭇가지에 앉아 있는 새들을 보고 짖어대기 시작했다. 도로시는 토토를 데리러 갔다가 먹음직스러운 열매가 나무에 주렁주렁 열린 것을 보고, 아침 식사를 위해 몇 개를 땄다. 도로시와 토토는 집으로 돌아와서 맑고 시원한 물을 실컷 마셨다. 그리고 에메랄드 시로 떠날 준비를 서둘렀다.

도로시에게는 갈아입을 옷이 한 벌뿐이었지만, 마침 깨끗하게 세탁되어 침대 옆 옷걸이

에 걸려 있었다. 흰색과 파란색 체크 무늬의 무명 원피스였다. 여러 번 빨아서 파란색이 조금 열어지기는 했지만 여전히 예쁜 옷이었다. 도로시는 꼼꼼하게 세수를 하고, 무명 원피스로 갈아입었다. 그리고 챙이 달린 분홍색 모자를 썼다. 작은 바구니를 찾아 찬장에서 꺼낸 빵을 가득 담고 그 위를 흰 천으로 덮었다. 문득 발을 내려다본 도로시는 자기 신발이 너무 낡고 닳았다는 사실을 깨달았다.

"토토, 이 신발을 신고 먼 길을 가기는 어렵겠는걸!"

도로시가 말했다. 그러자 토토는 작고 까만 눈으로 도로시의 얼굴을 올려다보면서, 그 말을 알아들었다는 듯이 꼬리를 살랑살랑 흔들었다.

그때 식탁 위에 놓아둔 동쪽 마녀의 은 구두가 눈에 띄었다.

"내 발에 맞을지 모르겠네. 오랫동안 걸으려면 저 구두가 안성맞춤일 거야. 은 구두는 쉽게 닳지 않을 테니까."

도로시는 토토에게 이렇게 말한 뒤 낡은 가죽 구두를 벗고 은 구두를 신어보았다. 그것은 신기하게도 마치 도로시를 위해 만들어진 것처럼 꼭 맞았다.

마침내 도로시는 바구니를 집어 들고 말했다.

"가자, 토토! 에메랄드 시로 떠나는 거야. 위대한 마법사 오즈를 만나 어떻게 하면 캔자스로 돌아갈 수 있는지 물어보자."

도로시는 문을 닫아걸고, 열쇠를 주머니에 넣었다. 주인을 놓칠세라 종종걸음으로 따르는 토토와 함께 길을 나섰다.

길은 여러 갈래로 뻗어 있었지만, 노란 벽돌이 깔린 길을 금세 찾을 수 있었다. 도로시는 은 구두가 노란 벽돌에 부딪히며 나는 경쾌한 소리를 들으며 에메랄드 시를 향해 활기차게 나아갔다. 햇빛은 환하게 비추었고, 새들은 아름답게 노래했다. 갑자기 바람을 타고 낯선 나라 한가운데 뚝 떨어진 여자아이답지 않게, 도로시는 그다지 우울해하지 않았다.

길을 걸으면서 보는 풍경이 어찌나 아름다운지 놀라울 정도였다. 길의 양옆에는 옅은 파란색으로 칠한 울타리가 잘 손질되어 있고, 그 너머로 곡식과 채소가 쑥쑥 자란 밭이 보였다. 먼치킨들은 다양한 농작물을 재배하는 솜씨 좋은 농부임이 틀림없었다. 이따금 농가 앞을 지나칠 때마다 사람들이 마중 나와서 정중하게 인사했다. 도로시가 못된 마녀를 죽이고 먼치킨들에게 자유를 되찾아주었음을 모두 알고 있었기 때문이다. 먼치킨들의 집은 기묘한 모양이었다. 지붕은 커다란 돔처럼 둥글었고, 모두 파란색으로 칠해져 있었다. 동쪽 나라 사람들은 파란색을 가장 좋아하는 것 같았다.

저녁이 가까워지자 도로시는 오랫동안 걸은 탓에 피곤해졌다. 밤을 어디에서 보내야 할지도 걱정이었다. 그때 지금까지 본 것보다 조금 더 큰 집이 가까이에 보였다. 집 앞 푸른 잔디에서는 몇몇 남녀가 어울려 춤을 추고 있었다. 악사 다섯 명이 있는 힘껏 요란하게 바이올린을 켜고, 사람들은 웃고 떠들면서 노래를 불렀다. 그 옆 커다란 식탁 위에는 맛있는 과일과 견과류, 파이와 케이크 등이 먹음직스럽게 차려져 있었다.

사람들은 도로시를 친절하게 맞이하며, 함께 저녁을 먹고 밤을 보내자고 청했다. 그곳은 먼치킨의 나라에서 가장 부유한 집이었는데, 못된 마녀에게서 해방된 것을 친구들과 모여 축하하고 있었다.

집주인 보크는 정성껏 마련한 저녁 식사를 도로시에게 손수 대접했다. 도로시는 저녁을 먹고 나서 긴 의자에 앉아 사람들이 춤추는 것을 지켜보았다.

보크가 도로시의 은 구두를 보고 말했다.

"아가씨는 위대한 마법사가 틀림없군요."

"왜요?"

도로시가 물었다.

"은 구두를 신고 있고, 못된 마녀도 죽였으니까요. 게다가 하얀 옷을 입었죠. 오직 마녀와 마법사들만 하얀 옷을 입거든요."

"내 옷은 흰색과 파란색 체크무늬예요."

도로시가 옷의 주름을 펴면서 말했다.

"그러니 아가씨는 친절한 분이에요. 파란색은 먼치킨들의 색이고, 하얀색은 마녀의 색이에요. 그래서 우리는 아가씨가 착한 마녀라는 걸 알지요."

도로시는 보크의 말에 뭐라고 대꾸해야 할지 알 수가 없었다. 모든 사람이 도로시를 마녀라고 믿고 있지만, 사실 자신은 그저 회오리바람을 타고 낯선 나라로 오게 된 평범한 소녀일 뿐이었다.

도로시가 춤 구경에 싫증이 나자, 보크는 도로시를 예쁜 침대가 있는 방으로 데려갔다. 침대에는 파란색 홑이불이 덮여 있었다. 도로시는 그 위에서 아침까지 잠에 푹 빠져들었고, 토토도 옆에 놓인 깔개 위에서 몸을 둥글게 말고 잠이 들었다.

다음 날 아침 도로시는 푸짐한 식사를 마친 뒤, 아주 작은 먼치킨 아기가 토토와 노는 모습을 지켜보았다. 아기가 기어 다니면서 토토의 꼬리를 잡아당기며 깔깔거리는 모습에 도로시도 함께 즐거워졌다. 먼치킨들은 이제까지 한 번도 개를 본 적이 없어서, 토토는 늘 호기심의 대상이었다.

"에메랄드 시까지는 얼마나 먼가요?"

도로시가 물었다.

"나도 잘 몰라요. 한 번도 그곳에 가본 적이 없거든요. 특별한 일이 없다면 오즈는 멀리하는 게 좋아요. 어쨌든 에메랄드 시까지는 먼 여행이 될 거예요. 이곳은 비옥하고 아름답지만, 목적지에 가려면 반드시 거칠고 위험한 곳들을 지나야만 해요."

보크가 진지한 얼굴로 대답했다.

이 말에 도로시는 조금 걱정이 되었지만, 캔자스로 돌아가려면 위대한 마법사 오즈의 도움을 받아야 하기에 용기 내어 여행을 계속하기로 마음먹었다.

도로시는 친구들에게 인사한 뒤 다시 노란 벽돌 길을 따라 걷기 시작했다. 그렇게 한참을 걷다가, 잠시 쉬어가기로 하고 길옆의 울타리에 걸

터앉았다. 울타리 너머로 드넓은 옥수수 밭이 펼쳐져 있고, 그리 멀지 않은 곳에 허수아비를 세워둔 것이 보였다. 허수아비는 잘 익은 옥수수 알갱이를 노리는 새들을 쫓기 위해서 장대 끝에 높이 꽂혀 있었다.

도로시는 턱을 괴고 생각에 잠긴 채 허수아비를 찬찬히 바라보았다. 작은 자루에 밀짚을 채워 만든 허수아비의 머리에는 사람 얼굴처럼 눈, 코, 입이 그려져 있었다. 머리에는 어느 먼치킨의 것이었을 파란색 뾰족모자가 씌워져 있고, 그 밑으로 역시 밀짚을 채워 넣은 몸통에 빛바랜 파란색 옷이 입혀져 있었다. 발에는 이곳 사람들이라면 누구나 신는 파란 장화가 신겨져 있었다. 허수아비는 장대 끝에 등이 꽂힌 채 옥수수 줄기 위로 삐죽 솟아 있었다.

도로시가 허수아비의 기묘한 얼굴을 유심히 들여다보고 있을 때, 불현듯 허수아비의 한쪽 눈이 천천히 윙크를 했다. 깜짝 놀란 도로시는 분명 자기가 잘못 본 것으로 생각했다. 캔자스에서는 허수아비가 윙크하는 것을 한 번도 본 적이 없었기 때문이다. 하지만 곧이어 허수아비는 도로시를 보며 상냥하게 고개를 끄덕였다. 도로시는 울타리에서 내려와 허수아비에게 다가갔다. 토토가 달려가 허수아비가 꽂혀 있는 장대 주위를 빙빙 돌면서 짖어댔다.

"안녕!"

허수아비가 조금 쉰 목소리로 말했다.

"네가 말을 한 거니?"

도로시가 놀라서 물었다.

"물론이야. 만나서 반가워. 요즘 어떻게 지내?"

허수아비가 말했다.

"아주 잘 지내. 너는?"

도로시가 예의 바르게 대답했다.

"난 별로야. 이런 곳에 올라앉아 밤낮으로 까마귀를 쫓는 건 아주 지겨운 일이거든."

미소를 지으며 허수아비가 말했다.

"아래로 내려올 수는 없니?"

"이 막대기가 내 등에 꽂혀 있어서 안 돼. 네가 이걸 뽑아준다면 대단히 고마울 텐데……."

도로시가 두 팔을 내밀어 막대기에서 허수아비를 빼주었다. 밀짚으로 채워진 허수아비는 매우 가벼웠다.

"정말로 고마워. 새 사람이 된 기분인데!"

땅으로 내려온 허수아비가 감사 인사를 했다.

도로시는 어리둥절했다. 밀짚으로 된 허수아비가 말을 하는 것도 괴상한 일인데, 허리 굽혀 인사를 하고 옆에서 나란히 걷다니!

"너는 누구니? 어디로 가는 길이야?"

허수아비가 기지개를 켜면서 하품을 하고는 도로시에게 물었다.

“내 이름은 도로시야. 에메랄드 시로 가고 있어. 마법사 오즈에게 캔자스로 돌아가는 길을 물어보려고.”

“에메랄드 시가 어디야? 오즈는 누구지?”

“어머나, 넌 모르는 거니?”

놀란 도로시가 되물었다.

“응, 몰라. 난 아무것도 몰라. 알다시피 나는 밀짚으로 채워져서 두뇌 같은 게 없으니까.”

허수아비가 구슬프게 말했다.

“저런, 정말 안됐구나.”

“내가 너와 함께 에메랄드 시로 가서 마법사 오즈에게 부탁하면, 나한테 뇌를 줄까?”

허수아비가 물었다.

“나야 모르지. 하지만 같이 가고 싶다면 그래도 돼. 오즈가 너에게 뇌를 주지 않는다 해도 지금보다 더 나빠지는 건 아닐 테니까!”

“네 말이 맞아. 나는 팔다리나 몸이 밀짚으로 채워져 있는 건 싫지 않아. 왜냐하면 다칠 염려가 없거든. 누군가 내 발가락을 밟거나 핀으로 찌른다고 해도 난 아무렇지도 않아. 아픔을 느낄 수 없으니까. 하지만 사람들이 나를 바보라고 부르지는 않았으면 좋겠어. 너처럼 머리에 뇌가 든 게 아니라 나같이 밀짚으로만 채워졌다면, 내가 그 머리로 뭘 어떻게 알 수 있겠니?"

허수아비가 맞장구를 치며 자기 속내를 털어놓았다.

"네 기분이 어떨지 알 것 같아. 네가 나와 함께 가면, 내가 오즈에게 너를 위해 할 수 있는 일은 모두 해달라고 부탁할게."

도로시가 허수아비를 진심으로 가엾어하면서 말했다.

"고마워."

허수아비는 기뻐했다.

도로시와 허수아비는 길 쪽으로 향했다. 도로시는 허수아비가 울타리를 넘는 것을 도와주었고, 둘은 에메랄드 시를 향해 노란 벽돌 길을 다시 걷기 시작했다.

토토는 새로운 길동무를 좋아하지 않았다. 허수아비 주위를 빙글빙글 돌면서 밀짚 속에 들쥐 소굴이라도 있지는 않나 의심하는 것처럼 코를 킁킁댔다. 이따금 허수아비를 향해 사납게 으르렁거리기도 했다.

"토토는 신경 쓰지 마. 쟤는 물지 않아."

도로시가 새 친구에게 말했다.

“아, 난 괜찮아. 밀짚이니 물려봤자 아프지도 않잖아. 그리고 내가 네 바구니를 들게. 나는 지치지도 않으니까 무거운 걸 들어도 아무렇지 않거든.”

길을 계속 걸으며 허수아비가 덧붙였다.

“이 세상에서 내가 무서워하는 건 단 하나뿐이야.”

“그게 뭔데? 너를 만든 먼치킨 농부?”

“아니, 불붙은 성냥!”

Chapter 4

숲을 가로지르는 길

~The Road through the Forest~

몇 시간 정도 걷다 보니 길이 울퉁불퉁해졌다. 허수아비는 불쑥 튀어나온 노란 돌부리에 걸릴 때마다 넘어질 듯 비틀거렸다. 군데군데 벽돌이 깨지거나 아예 빠져나가 움푹 팬 곳도 있어서, 토토는 폴짝 뛰어넘고 도로시는 주위를 빙 둘러 지나갔다. 뇌가 없는 허수아비는 곧장 걸었기 때문에 구덩이에 발이 걸려 딱딱한 바닥에 꽈당 넘어지곤 했다. 그러나 허수아비는 전혀 아픔을 느끼지 못했고, 도로시가 붙잡아 일으켜주면 즐겁게 웃어넘기면서 다시 도로시를 따라나섰다.

좀 더 걸어가자 들판이 나왔다. 지나온 밭들만큼 잘 가꿔져 있지 않고 집도 별로 없었으며, 과일나무의 수도 점점 적어졌다. 앞으로 나아갈수록 풍경은 더 황폐하고 쓸쓸해졌다.

44 THE WONDERFUL WIZARD OF OZ.

The farms were not nearly so well cared for here as they were farther back. There were fewer houses and fewer fruit trees, and the farther they went the more dismal and lonesome the country became.

At noon they sat down by the roadside, near a little brook, and Dorothy opened her basket and got out some bread. She offered a piece to the Scarecrow, but he refused.

"I am never hungry," he said; "and it is a lucky thing I am not. For my mouth is only painted, and if I should cut a hole in it so I could eat, the straw I am stuffed with would come out, and that would spoil the shape of my head."

Dorothy saw at once that this was true, so she only nodded and went on eating her bread.

"Tell me something about yourself, and the country you came from," said the Scarecrow, when she had finished her dinner. So she told him all about Kansas, and how gray everything was there, and how the cyclone had carried her to this queer land of Oz. The Scarecrow listened carefully, and said,

"I cannot understand why you should wish to leave this beautiful country and go back to the dry, gray place you call Kansas."

"That is because you have no brains," answered the girl. "No matter how dreary and gray our homes are, we people of flesh and blood would rather live there than in

"'I was only made yesterday,' said the Scarecrow."

정오 무렵 그들은 길옆에 있는 작은 시냇가에 자리를 잡았다. 도로시가 바구니에서 빵을 꺼내 한 조각 건넸지만 허수아비는 받지 않았다.

"난 배가 고픈 적이 없어. 그건 정말 운이 좋은 거야. 왜냐하면 내 입은 그냥 그려놓기만 한 거잖아. 만약에 뭔가 먹을 수 있도록 구멍이 뚫려 있다면, 속에 채워진 밀짚이 밖으로 빠져나올 거고, 그러면 내 머리가 쭈글쭈글해질 거야."

도로시는 그 말이 옳다는 것을 금세 이해했고, 그래서 고개를 끄덕이고는 혼자 빵을 먹었다.

"네 얘기 좀 해봐. 네 고향 얘기도."

도로시가 식사를 마치자 허수아비가 말했다. 도로시는 캔자스에 관해 이야기했다. 그곳은 온통 잿빛이라는 사실과 함께, 회오리바람을 타고 이상한 나라에 날아오게 된 이야기도. 귀 기울여 듣고 난 허수아비가 말했다.

"왜 이 아름다운 곳을 두고 캔자스라는 메마른 잿빛 땅으로 돌아가고 싶어 하는지 이해할 수가 없는걸!"

"그건 너에게 뇌가 없어서일 거야. 고향이 아무리 황량한 잿빛이라 해도, 그리고 다른 곳이 아무리 아름답다고 해도, 피와 살로 이루어진 우리 사람들은 고향에서 살고 싶어 해. 고향만 한 곳은 없어."

허수아비가 한숨을 내쉬었다.

"난 당연히 그런 걸 모르지. 만약 사람들 머리가 나처럼 밀짚으로 가득 차 있다면, 모두 아름다운 곳에서만 살고 싶어 할지도 몰라. 그렇게 되면 캔자스 같은 데에는 아무도 남지 않을 거야. 사람들이 뇌를 갖고 있는 건 캔자스에는 다행스런 일이야."

"쉬는 동안 너도 이야기 하나 해주지 않을래?"

그러자 허수아비가 도로시를 원망하는 눈으로 바라보았다.

"나는 세상에 태어난 지 얼마 안 돼서 정말 아무것도 아는 게 없어. 난 겨우 그저께 만들어졌거든. 그 전에 이 세상에 무슨 일이 일어났는지 전혀 몰라. 다행스럽게도 농부가 내 머리를 만들었을 때

가장 먼저 한 건 귀를 그리는 일이었어. 그래서 나는 무슨 일이 벌어지고 있는지 들을 수 있었지. 그 농부는 다른 먼치킨 농부와 함께였는데, 내가 맨 처음 들은 말은 그 둘의 대화였어.

'귀가 잘 그려진 것 같아?'

'비뚤어져 보이는데!'

'괜찮아. 귀가 다 그런 거지.'

'이제 눈을 그려야지.'

농부가 내 오른쪽 눈을 그리더군. 눈이 다 그려지자마자 나는 그를 보았고, 내 주위에 있는 모든 것을 엄청난 호기심으로 둘러보았지. 세상을 난생 처음 보는 거였으니까.

'눈이 참 예쁘네. 눈은 파란색이 제격이야.'

농부 옆에 있던 먼치킨이 말했어.

'나머지 한쪽 눈은 좀 더 크게 그릴 생각이야.'

농부가 말했어. 이어서 왼쪽 눈이 완성되자 나는 조금 전보다 더 잘 볼 수 있게 됐어. 그다음에 농부는 내 코와 입을 그렸지. 하지만 나는 말은 하지 않았어. 그때까지는 입을 어디에 쓰는지 몰랐거든. 두 사람이 내 몸과 팔, 다리 만드는 것을 지켜보는 게 재미있었어. 그리고 마지막으로 내 머리를 몸에 붙였을 때, 난 매우 자랑스러웠어. 나도 남들처럼 번듯한 사람이 되었다고 생각했으니까.

'이 친구를 보면 까마귀가 겁을 먹고 순식간에 달아나겠는걸!

꼭 진짜 사람처럼 생겼잖아.'

농부가 말하더군.

'아니지, 사람같이 생긴 게 아니라 진짜 사람이야.'

또 다른 농부가 말했고, 나도 그렇게 생각했지. 농부는 나를 겨드랑이에 끼고 옥수수 밭으로 가서, 네가 나를 발견했던 곳에 막대를 세우고, 그 꼭대기에다 나를 꽂아놓았지. 그러고 나서 그들은 나를 홀로 남겨둔 채 돌아가버렸어.

두 사람이 나를 그런 식으로 내버려두고 가는 게 싫었어. 그래서 그들을 따라가려고 했지만, 아무리 애를 써도 내 발이 땅에 닿지를 않는 거야. 억지로 장대 끝에 매달려 있을 수밖에 없었지. 만들어진 지도 얼마 안 되니 뭔가 생각할 거리도 없었기 때문에 정말 외롭고 힘든 생활이었어. 옥수수 밭에는 많은 새들이 날아왔는데, 나를 보자마자 놀라서 날아갔어. 내가 먼치킨인 줄 알고 말이야. 그건 기쁜 일이었어. 내가 아주 중요한 사람 같았거든. 그런데 얼마 뒤에 늙은 까마귀 한 마리가 가까이 날아와 나를 유심히 보더니, 내 어깨에 앉아서 이렇게 말하는 거야.

'도대체 어떤 농부가 이렇게 서툰 솜씨로 나를 속일 수 있다고 생각한 건지 궁금하군. 눈이 달린 까마귀라면 네가 그저 밀짚으로

만든 허수아비라는 걸 알 텐데.'

그러더니 내 발치에 내려앉아 옥수수를 실컷 먹더라고. 내가 늙은 까마귀를 해치지 않는 걸 보자 다른 새들도 날아와 옥수수를 먹어치웠어. 눈 깜짝할 사이에 엄청난 새떼가 내 주위로 몰려들었지.

나는 슬펐어. 결국 내가 그다지 훌륭한 허수아비가 아니라는 증거였으니까. 하지만 늙은 까마귀가 나를 이렇게 위로해주었어.

'네 머리에 뇌가 있기만 하면 너는 누구 못지않은, 아니 누구보다도 훌륭한 사람이 될 거야. 까마귀든 인간이든 이 세상에서 정말 가질 만한 가치가 있는 건 뇌밖에 없어.'

까마귀가 떠난 뒤 나는 곰곰이 생각했어. 그리고 뇌를 가지기 위해 열심히 노력하기로 마음먹었지. 때마침 네가 와서 나를 장대에서 내려주었어. 네 말을 들어보니 에메랄드 시에 가면 오즈 마법사한테 뇌를 얻을 수 있을 게 분명해."

"그렇게 되면 좋겠다. 네가 그토록 간절히 원하니 말이야."

도로시가 진심으로 말했다.

"그렇고말고! 정말로 갖고 싶어. 자기가 바보라는 걸 알면 얼마나 기분 나쁜데……."

"그럼, 이제 가자."

도로시가 바구니를 들어 허수아비에게 건

네주면서 말했다.

더 이상 길 양쪽에 있던 울타리가 보이지 않았다. 주위는 아무것도 심어져 있지 않은 거칠고 황량한 땅으로 변했다. 저녁이 가까워질 무렵, 도로시 일행은 울창한 숲으로 들어섰다. 아름드리나무가 빽빽이 들어서 있고, 그 가지들이 노란 벽돌 길 위에 맞닿아 우거져 있었다. 나뭇가지가 햇빛을 가리고 있어서 나무 밑은 이미 어둑어둑했다. 하지만 도로시와 허수아비는 걸음을 멈추지 않고 계속 숲으로 들어갔다.

"들어가는 길이 있으면 반드시 나오는 길도 있을 거야. 에메랄드 시는 길이 끝나는 곳에 있으니 우리는 이 길을 따라가야만 해."

허수아비가 말했다.

"그건 누구나 알아."

도로시가 말했다.

"물론이야. 그러니까 나도 아는 거지. 뇌가 있어야 알 수 있는 사실이었다면, 난 결코 그 말을 못 했을 거야."

허수아비가 대답했다.

그렇게 한 시간쯤 지나자 빛은 점점 사라졌고, 둘은 어둠 속에서 여기저기 발을 헛디디며 나아갔다. 도로시는 아무것도 볼 수 없었지만, 토토는 그렇지 않았다. 원래 개는 어둠 속에서도 아주 잘 보기 때문이었다. 허수아비 역시 대낮처럼 훤히 보인다고 했다. 그래서 도로시는 허수아비의 팔을 잡았고, 덕분에 그럭저럭 별 탈 없이 갈 수 있었다.

"우리가 밤을 보낼 만한 곳이 보이면 말해줘. 어둠 속에서 걷기는 무척 힘들거든."

도로시가 허수아비에게 말했다.

얼마 지나지 않아 허수아비가 걸음을 멈추었다.

"오른쪽에 통나무로 지은 작은 오두막이 보여. 저기로 갈까?"

"그래, 잘됐네. 난 지금 너무 지쳤어."

허수아비는 도로시를 데리고 나무 사이를 지나 오두막으로 향했다. 안으로 들어가니 한쪽 구석에 마른 나뭇잎으로 만든 침대 하나가 보였다. 도로시는 얼른 그 위에 누웠고, 옆에 웅크린 토토와 함께 곧 깊은 잠에 빠졌다. 피곤함을 느끼지 못하는 허수아비는 구석에 기대어 서서 아침이 오기를 가만히 기다렸다.

WIZARD OF OZ
W. W. Denslow

Chapter 5

양철 나무꾼과의 만남

The Rescue of the Tin Woodman

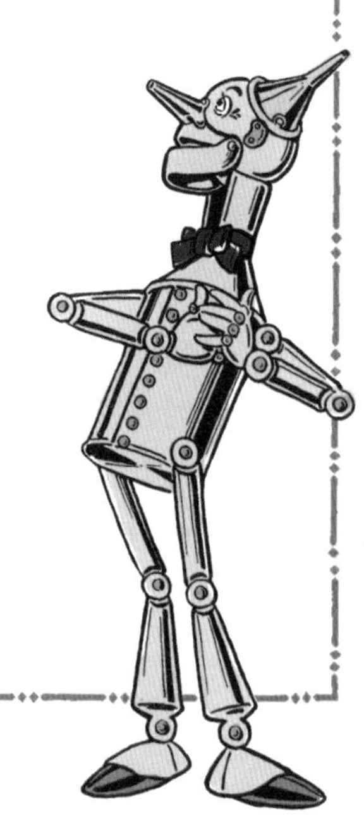

도로시가 잠에서 깨어나니 숲에는 햇살이 비치고, 토토는 벌써 일어나 밖에서 새와 다람쥐들을 쫓고 있었다. 도로시는 일어나 앉아 주위를 둘러보았다. 허수아비는 여전히 한쪽 구석에 서서 도로시가 잠에서 깨기를 말없이 기다리고 있었다.

"밖에 나가서 물을 좀 찾아야겠어."

도로시가 허수아비에게 말했다.

"물이 왜 필요해?"

허수아비가 물었다.

"길을 걸으며 뒤집어쓴 흙먼지를 털어내려면 세수를 해야 하니까. 그리고 마실 물도 필요해. 딱딱한 빵을 먹다가 목이 메지 않으려면 말이야."

"사람들은 참 불편할 것 같아. 잠도 자야 하고, 먹고 마셔야 하니까. 하지만 뇌가 있어서 제대로 생각할 수만 있다면 그런 불편쯤은 참을 만도 하겠지."

도로시와 허수아비는 오두막을 나와서 숲을 걷다가 마침내 맑은 물이 샘솟는 옹달샘을 발견했다. 도로시는 그곳에서 물을 마시고 세수를 한 뒤 아침 식사를 했다. 바구니에 빵이 얼마 남지 않은 것을 보고는 허수아비가 아무것도 먹을 필요가 없다는 사실에 새삼 감사했다. 이제 남은 빵은 도로시와 토토가 하루를 먹기에도 모자랄 듯싶었다.

아침 식사를 마치고 다시 길을 나서려는데 어디선가 삐걱거리는 소리가 나지막이 들려왔다. 깜짝 놀란 도로시는 겁먹은 얼굴로 허수아비에게 물었다.

"무슨 소리지?"

"잘 모르겠는데. 한번 가보자."

바로 그때 또다시 소리가 들렸다. 바로 그들 뒤에서 나는 소리 같았다. 도로시와 허수아비가 뒤돌아 숲을 향해 몇 걸음 떼니, 나무 사이로 햇빛에 반짝이는 무엇인가가 눈에 들어왔다. 그쪽으로 몇 발짝 더 뛰어가던 도로시는 순간 비명을 지르며 멈춰 섰다.

반쯤 잘린 커다란 나무 옆에, 온몸이 양철로 만들어진 사람이 도끼를 머리 위로 치켜든 채 서 있었다. 머리와 팔다리가 몸통에 제대

Scarecrow, while Toto barked sharply and made a snap at the tin legs, which hurt his teeth.

"Did you groan?" asked Dorothy.

"Yes," answered the tin man; "I did. I've been groaning for more than a year, and no one has ever heard me before or come to help me."

"What can I do for you?" she enquired, softly, for she was moved by the sad voice in which the man spoke.

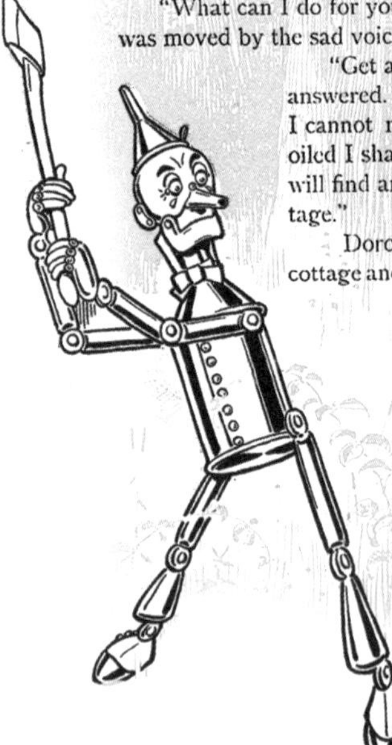

"Get an oil-can and oil my joints," he answered. "They are rusted so badly that I cannot move them at all; if I am well oiled I shall soon be all right again. You will find an oil-can on a shelf in my cottage."

Dorothy at once ran back to the cottage and found the oil-can, and then she returned and asked, anxiously,

"Where are your joints?"

"Oil my neck, first," replied the Tin Woodman. So she oiled it, and as it was quite badly rusted the Scarecrow took hold of the tin head and moved it gently from side to side until it worked freely, and then the man could turn it himself.

로 붙어 있었지만, 아무런 움직임이 없었다.

도로시와 허수아비 모두 너무나 놀란 나머지 그저 멍하니 바라보기만 했다. 토토는 시끄럽게 짖어대며 양철 다리 한쪽을 덥석 물었다가 이빨만 다치고 말았다.

"네가 낸 소리니?"

도로시가 양철 나무꾼을 바라보며 물었다.

"응, 내가 그랬어. 여기서 소리 내며 서 있은 지도 일 년이 넘었지. 그런데 지금까지 도와주러 오는 사람이 아무도 없었어."

"내가 어떻게 도와주면 돼?"

도로시는 양철 나무꾼의 슬픈 목소리가 가엾게 느껴져 상냥하게 물었다.

"기름통을 가져와서 내 관절마다 기름칠 좀 해줘. 뼈마디에 온통 녹이 슬어서 전혀 움직일 수가 없네. 기름을 칠하고 나면 곧 다시 움직일 수 있을 거야. 기름통은 내 오두막의 선반 위에 있어."

도로시는 곧장 오두막으로 달려가 기름통을 찾아냈다. 그리고 서둘러 돌아와 물었다.

"뼈마디가 어디야?"

"우선 목부터 칠해줘."

도로시는 양철 나무꾼이 시키는 대로 했다. 녹이 너무 많이 슬어서 허수아비가 양철 머리를 잡고 오른쪽 왼쪽으로 조심스럽게 돌려주었다. 그런 후에야 비로소 양철 나무꾼은 목을 자유롭게 움직일 수 있었다.

"이제 내 팔의 관절에 기름칠을 해주렴."

도로시가 기름을 바르자 허수아비가 양철 팔과 손목에서 녹이 다 떨어져 나갈 때까지 조심스럽게 구부렸다.

양철 나무꾼은 만족스러운 듯 한숨을 내쉬며 들고 있던 도끼를 내려놓았다.

"이제 정말 홀가분하구나. 내 몸이 녹슨 뒤로 내내 도끼를 치켜들고 있었거든. 드디어 내려놓게 되다니 얼마나 좋은지 몰라. 자, 이제 내 다리 관절에만 기름칠하면 다시 예전처럼 제대로 움직일 수 있을 거야."

도로시와 허수아비는 양철 나무꾼이 자유롭게 움직일 수 있을 때까지 다리에 기름칠을 했다. 양철 나무꾼은 자신을 구해줘서 고맙다는 인사를 몇 번이나 반복했는데, 매우 예의 바르고 감사할 줄 아는 성품인 듯했다.

"너희가 오지 않았다면 나는 계속 그렇게 서 있어야 했을 거야. 그러니까 너희가 내 목숨을 구해준 거지. 그런데 어떻게 여기까지 오게 된 거야?"

"우리는 마법사 오즈를 만나러 에메랄드 시로 가는 길이야. 어젯밤에는 네 오두막에서 잤어."

"'This is a great comfort,' said the Tin Woodman."

도로시가 말했다.

"왜 오즈를 만나러 가는 건데?"

양철 나무꾼이 물었다.

"나를 캔자스로 돌려보내 달라고 하려고. 또 허수아비는 머리에 뇌를 넣어달라고 부탁할 거야."

양철 나무꾼은 잠시 생각에 잠기더니 입을 열었다.

"너희는 오즈가 나에게 심장을 줄 수 있을 거라고 생각해?"

"글쎄, 아마 가능할걸. 허수아비에게 뇌를 주는 것과 별반 다르지 않겠지."

도로시가 대답했다.

"맞아. 너희가 괜찮다면 나도 에메랄드 시로 가서 오즈에게 심장을 만들어달라고 부탁하고 싶어."

양철 나무꾼이 말했다.

"같이 가자."

허수아비가 흔쾌히 대답했다. 도로시도 양철 나무꾼이 함께 가면 기쁘겠다고 덧붙였다. 그래서 양철 나무꾼은 도끼를 어깨에 메고, 도로시 일행과 함께 숲을 지나서 노란 벽돌 길로 나왔다.

양철 나무꾼은 도로시에게 기름통을 바구니에 좀 넣어달라고 부탁했다.

"비를 맞아서 또 녹이 슬면 기름통이 꼭 필요해."

새로운 친구가 생긴 것은 다행스러운 일이었다. 다시 길을 떠난 지 얼마 지나기도 전에, 나뭇가지가 너무 무성해서 쉽사리 뚫고 지날 수 없는 곳에 도착했기 때문이다. 하지만 양철 나무꾼이 도끼로 나뭇가지를 쳐내서 순식간에 통로를 만들었다.

도로시는 걸으면서 깊은 생각에 잠겨 있었기 때문에, 허수아비가 구덩이에 빠져 길옆으로 굴러떨어진 것도 알지 못했다. 결국 허수아비는 큰 소리로 도로시를 불렀다.

"왜 구덩이를 피하지 않은 거야?"

양철 나무꾼이 물었다.

"나는 그런 걸 생각하지 못해. 너도 알다시피 내 머리는 밀짚으로 채워져 있잖아. 그래서 뇌를 넣어달라고 부탁하기 위해 오즈를 만나러 가는 거야."

"그렇구나! 그런데 뇌가 이 세상에서 가장 좋은 건 아니야."

양철 나무꾼이 말했다.

"너는 뇌가 있어?"

허수아비가 물었다.

"아니, 내 머리는 텅 비어 있어. 하지만 한때는 뇌도 있고 심장도 있었지. 둘 다 가져봤던 셈인데, 심장이 훨씬 좋은 것 같아."

"왜?"

허수아비가 물었다.

"내 이야기를 들으면 너도 이유를 알게 될 거야."

양철 나무꾼은 숲을 걸으며 말을 이었다.

"나는 숲에서 나무를 베어다 파는 나무꾼의 아들로 태어났어. 나 또한 자라서 나무꾼이 되었고, 아버지가 세상을 떠난 뒤에는 어머니를 돌봐드렸어. 어머니마저 돌아가시자 난 혼자 사느니 결혼을 해야겠다고 마음먹었지. 그래야 외롭지 않을 테니까.

매우 아름다운 먼치킨 아가씨가 있었는데, 나는 그 아가씨를 진심으로 사랑하게 되었어. 아가씨는 내가 자기를 위해 훌륭한 집을 지을 수 있는 돈을 벌면 곧 결혼하겠다고 약속했어. 그래서 나는 전보다 더 열심히 일하기 시작했지. 그 무렵 아가씨는 어느 늙은 여자와 살았는데, 그 여자는 아가씨가 누구하고도 결혼하지 않고 자기 집에 살기를 바랐지. 몹시 게으른 사람이라 아가씨에게 온갖 요리와 집안일을 시키며 부려먹고 있었거든. 늙은 여자는 동쪽의 못된 마녀를 찾아가 아가씨가 결혼하는 것을 막아주면 양 두 마리와 소 한 마리를 주겠다고 약속했어. 그러자 마녀는 내 도끼에 마법을 걸었지. 하루라도 빨리 새집을 짓고 아가씨를 데려오고 싶었던 나는 그날도 부지런히 일하고 있었는데, 별안간 도끼가 손에서 미끄러져 내 왼쪽 다리를 잘라버린 거야.

처음에는 엄청난 불행이 닥쳤다고 생각했지. 하나뿐인 다리로 훌륭한 나무꾼이 될 수는 없단 걸 잘 알고 있었으니까. 그래서 나는 함석공을 찾아가 양철로 새 다리를 만들어달라고 부탁했어. 양철 다리를 사용하는 데 익숙해지자 일하는 데 아무런 불편이 없어졌어. 하지만 그걸 안 동쪽 마녀는 화가 났지. 아름다운 먼치킨 아가씨가 나와 결혼하지 못하게 하겠다고 늙은 여자와 약속했으니까. 내가 다시 일을 시작했을 때, 도끼가 또 미끄러져 내 오른쪽 다리를 잘라버렸어. 나는 또 한 번 함석공을 찾아가 양철로 오른쪽 다리를 만들어달라고 했지. 그 뒤로도 마법에 걸린 도끼가 내 팔을 하나씩 차례로 잘라버렸어. 그렇지만 난 실망하지 않고 양철 팔을 다시 달았어. 마침내 못된 마녀가 도끼로 내 머리를 잘라버렸고, 그때 나는 이제 끝이라고 생각했지. 하지만 우연히 그곳을 지나가던 함석공이 양철 머리를 새로 달아준 거야.

나는 드디어 못된 마녀를 물리쳤다고 여기고 더 열심히 일했어. 하지만 마녀는 상상 이상으로 잔인했어. 아름다운 먼치킨 아가씨를 향한 내 사랑을 없앨 새로운 방법을 생각해냈지. 도끼를 또다시 미끄러뜨려서 내 몸을 두 동강 내버린 거야. 함석공이 다시 와서 양철 몸통을 만들어주었어. 그리고 팔다리와 머리를 몸통에 연결해주었지. 나는 예전처럼 잘 다닐 수 있게 되었어. 하지만 슬프게도, 내 몸에서 심장을 잃었기 때문에 먼치킨 아가씨에 대한 사랑이 완전히 사라졌지. 아가씨와 결혼하는 일에 관심이 없어진 거야. 어쩌면 아가씨는 아직도 늙은 여자와 살면서 내가 찾아오기를 기다리고 있을지 몰라.

내 몸이 햇빛을 받으면 눈부시게 빛나는 게 난 무척이나 자랑스러웠고, 도끼를 놓쳐도 걱정할 필요가 없었어. 도끼는 더 이상 나를 벨 수 없을 테니까. 단 한 가지 위험은 내 관절에 녹이 스는 거였지. 하지만 늘 오두막에 기름통을 놓아두고 필요할 때마다 몸에 기름칠하면서 손

질을 했어. 그러다 하루는 기름칠을 깜빡했는데, 하필이면 그날 폭우를 만나 관절이 마디마다 녹슬고 말았던 거야. 너희가 나를 구해줄 때까지 그렇게 숲에 버려져 있었어. 정말 힘들고 끔찍한 시간이었지만, 그 자리에 서 있는 동안 내가 잃어버린 가장 소중한 게 무엇인지 생각해볼 기회를 갖게 되었지. 그것은 바로 심장이었어. 사랑하는 동안 나는 이 세상에서 가장 행복한 사람이었지만, 심장이 없는 사람은 사랑을 느낄 수 없어. 그래서 오즈에게 부탁해 심장을 얻고 싶은 거야. 그렇게 된다면 난 먼치킨 아가씨에게 돌아가 청혼하고 싶어."

양철 나무꾼의 이야기를 유심히 들은 도로시와 허수아비는 그가 왜 그토록 간절하게 심장을 갖고 싶어 하는지 이해하게 되었다.

"그래도 나는 심장보다 뇌를 부탁할 거야. 바보는 심장이 생겨도 그걸로 뭘 해야 할지 모르니까."

허수아비가 말했다.

"나는 심장을 가질 거야. 뇌는 행복을 줄 수 없어. 행복이야말로 이 세상에서 가장 소중한 거야."

양철 나무꾼이 대답했다.

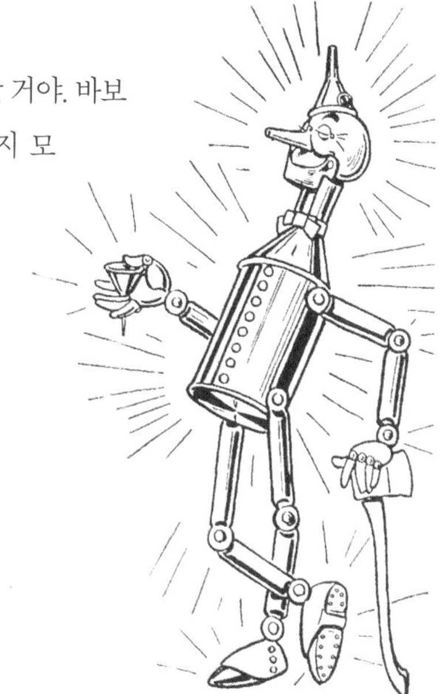

도로시는 아무 말도 하지 않았다. 둘 중 누구의 말이 옳은지 아리송했기 때문이다. 캔자스의 엠 아줌마에게 돌아갈 수만 있다면 양철 나무꾼에게 뇌가 없거나 허수아비에게 심장이 없다고 해도, 또는 각자가 원하는 것을 얻는다고 해도, 크게 상관없지 싶었다.

지금 도로시의 가장 큰 걱정은 빵이 다 떨어져간다는 사실이었다. 도로시와 토토가 한 끼만 더 먹으면 바구니가 텅 빌 것 같았다.

양철 나무꾼과 허수아비는 아무것도 먹지 않아도 되지만, 도로시는 양철이나 밀짚으로 만들어지지 않았으니 먹지 않고는 절대로 살 수 없었다.

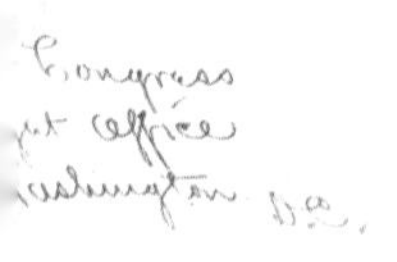

Chapter 6

겁쟁이 사자

The Cowardly Lion

도로시 일행은 내내 울창한 숲을 걸었다. 길에는 여전히 노란 벽돌이 깔려 있었지만, 나무에서 떨어진 마른 나뭇가지와 낙엽이 쌓여 있어 걷기가 불편했다.

숲에는 새가 거의 없었다. 새들은 햇볕이 잘 드는 탁 트인 들판을 좋아하기 때문이다. 이따금 나무 사이에 숨은 어떤 동물이 낮게 으르렁거리는 소리가 들려왔다. 그때마다 도로시는 겁이 나서 심장이 두근거렸다. 하지만 토토는 소리의 정체를 이미 알고 있는 듯 도로시 옆에 딱 붙어 되받아 짖지도 않았다.

"숲을 빠져나가려면 얼마나 걸릴까?"

도로시가 양철 나무꾼에게 물었다.

"나는 잘 몰라. 에메랄드 시에 가본 적이 없거든. 하지만 내가 어렸을 때 우리 아버지가 한 번 다녀온 적이 있었지. 아버지는 오즈가 사는 도시 주위는 아름답지만, 거기까지 가려면 반드시 위험한 곳을 지나가야 한다고 했어. 하지만 나는 기름통이 있으니까 무서울 게 없고, 허수아비는 절대로 다치지 않으니까 걱정할 것 없어. 너는 이마에 착한 마녀의 입맞춤 자국이 있으니 그게 너를 위험에서 보호해줄 거야."

"하지만 토토는 어떻게 보호하지?"

도로시가 걱정했다.

"토토가 위험하면 우리가 지켜줘야지."

양철 나무꾼의 말이 끝나자마자 짐승의 무시무시한 울음소리가 들려왔다. 그리고 다음 순간, 커다란 사자가 길 한가운데로 튀어나

왔다. 사자가 휘두른 한 방에 허수아비가 길가로 굴러떨어졌다. 곧 이어 사자는 날카로운 발톱으로 양철 나무꾼을 공격했다. 양철 나무꾼은 길바닥에 나뒹굴었다. 하지만 긁힌 자국 하나 생기지 않자 사자는 깜짝 놀랐다.

몸집이 작은 토토는 사자와 마주하자 적의 얼굴을 향해 짖어대며 달려들었다. 엄청난 덩치의 사자는 크게 입을 벌려 토토를 물어뜯으려 했다. 그때 토토가 죽을까 봐 걱정이 된 도로시가 위험한 줄도 모르고 달려나가 사자의 코를 힘껏 후려치며 소리쳤다.

"토토를 물어뜯으려 하다니! 너처럼 커다란 짐승이 이렇게 작고 가엾은 강아지를 무는 건 부끄러운 일이야!"

"나는 물지 않았어."

사자가 도로시에게 얻어맞은 코를 앞발로 문지르면서 말했다.

"그래, 하지만 그러려고 했잖아. 넌 그냥 덩치만 큰 겁쟁이구나."

도로시가 되받아쳤다.

"나도 알아. 전부터 알고 있었어. 하지만 어떡하라고……."

사자가 창피한 듯 고개를 떨어뜨리며 말했다.

"그거야 나도 모르지. 네가 밀짚으로 만든 허수아비를 때린 걸 생각해봐!"

도로시는 허수아비를 일으킨 뒤 손바닥으로 몸통을 두드려 원래대로 모양을 잡아주었다. 지켜보던 사자가 놀란 듯이 물었다.

"You ought to be ashamed of yourself!"

his mouth to bite the dog, when Dorothy, fearing Toto would be killed, and heedless of danger, rushed forward and slapped the Lion upon his nose as hard as she could, while she cried out:

"Don't you dare to bite Toto! You ought to be ashamed of yourself, a big beast like you, to bite a poor little dog!"

"I didn't bite him," said the Lion, as he rubbed his nose with his paw where Dorothy had hit it.

"No, but you tried to," she retorted. "You are nothing but a big coward."

"I know it," said the Lion, hanging his head in shame; "I've always known it. But how can I help it?"

"I don't know, I'm sure. To think of your striking a stuffed man, like the poor Scarecrow!"

"Is he stuffed?" asked the Lion, in surprise, as he watched her pick up the Scarecrow and set him upon his feet, while she patted him into shape again.

"Of course he's stuffed," replied Dorothy, who was still angry.

"That's why he went over so easily," remarked the Lion. "It astonished me to see him whirl around so. Is the other one stuffed, also?"

"No," said Dorothy, "he's made of tin." And she helped the Woodman up again.

"That's why he nearly blunted my claws," said the Lion. "When they scratched against the tin it made a

"밀짚으로 만들었다고?"

"당연히 허수아비는 밀짚으로 만들지."

아직 화가 덜 풀린 도로시가 대답했다.

"그래서 그렇게 쉽게 넘어졌군. 데굴데굴 굴러가는 걸 보고 나도 놀랐거든. 그럼 저 사람도 밀짚으로 만들었나?"

"아니, 양철로 만들어졌어."

도로시는 양철 나무꾼을 일으켜주었다.

"그래서 내 발톱이 부러질 뻔했구나. 양철을 긁는 순간 등줄기가 오싹했어. 그럼 네가 애지중지하는 저 작은 동물은 뭐야?"

"얘는 내 강아지야. 이름은 토토."

"그건 양철로 만든 거니? 아니면 밀짚?"

"둘 다 아니야. 얘는 으음…… 살로 되어 있다고 할 수 있지."

"그래? 그런데 참 괴상하게 생겼네. 지금 보니 눈에 띄게 몸집이 작구나. 나 같은 겁쟁이나 저렇게 작은 동물을 물려고 하겠지."

사자가 슬픈 목소리로 말했다.

"넌 왜 겁쟁이가 된 거야?"

도로시는 새삼 놀라워하며 그 커다란 동물을 바라보았다. 사자의 덩치는 작은 말 정도는 되어 보였다.

"그건 나에게도 수수께끼야. 내 생각에는 처음부터 그렇게 태어난 것 같아. 숲에 사는 다른 동물들은 모두 나를 용감하다고 생각해. 사자는 어디에서나 동물의 왕이니까 말이야. 언제부터인가 내가 엄청나게 큰 소리로 으르렁거리면 모두 겁을 먹고 달아난다는 걸 알게 됐어. 사실 난 사람과 부딪칠 때마다 몹시 무서워. 그런데 내가 으르렁거리면 사람들은 전부 줄행랑을 쳐버리지. 만약 코끼리나 호랑이, 곰이 나한테 덤비기라도 하면 나는 달아날 거야. 워낙 겁쟁이니까. 하지만 다들 내 소리를 듣자마자 먼저 달아나버리니 그냥 내버려두는 거야."

"하지만 그건 말이 안 돼. 동물의 왕이 겁쟁이여서는 안 되지."

허수아비가 말했다.

"나도 알아. 그게 내겐 큰 슬픔이고, 그래서 내 삶은 불행해. 하지만 위험한 일이 생길 때마다 심장이 두근거리는걸!"

사자가 흐르는 눈물을 꼬리 끝으로 닦으면서 대답했다.

"어쩌면 심장에 병이 있을지 몰라."

양철 나무꾼이 말했다.

"그럴 수도 있겠다."

사자가 대답했다.

"그렇다면 너는 기뻐해야 해. 그건 너에게 심장이 있다는 증거거든. 나는 심장이 없어서 심장에 병이 생길 수도 없어."

"나에게 심장이 없다면 겁쟁이가 아닐

지도 모르는 일이네."

사자가 생각에 잠겨 말했다.

"너, 머리에 뇌는 있니?"

허수아비가 물었다.

"아마 그럴 거야. 한 번도 본 적은 없지만."

"나는 마법사 오즈에게 뇌를 달라고 부탁하러 가는 길이야. 내 머리는 밀짚으로 채워져 있으니까."

허수아비가 말했다.

"나는 심장을 부탁하러 가는 길이지."

양철 나무꾼이 말했다.

"나와 토토는 캔자스로 돌아가게 해달라고 부탁하려 해."

도로시가 덧붙였다.

"오즈가 나에게 용기를 줄 수 있을까?"

사자가 쭈뼛거리며 물었다.

"나에게 뇌를 줄 수 있다면 그것도 쉬운 일일 거야."

허수아비가 말했다.

"나에게 심장을 줄 수 있다면 쉽겠지."

양철 나무꾼이 덧붙였다.

"나를 캔자스로 돌려보낼 수 있다면 그처럼 쉬울 수도 있어."

도로시가 말했다.

"그럼, 너희만 괜찮다면 나도 함께 갈게. 용기 없이 사는 건 너무 힘들어."

"대환영이야. 네가 있으면 동물들이 가까이 오지 않을 테니까. 너를 그렇게 무서워하는 걸 보면 다른 동물들은 너보다 더 겁이 많은 것 같아."

도로시가 말했다.

"그건 그래. 하지만 그렇다고 내가 더 용감해지는 건 아니야. 내가 겁쟁이라는 사실을 아는 한 나는 불행할 거야."

도로시 일행은 다시 여행길에 올랐다. 사자는 도로시 옆에서 의젓하고 당당하게 걸었다. 처음에 토토는 새로운 친구를 받아들이지 못했다. 사자의 억센 턱에 으스러질 뻔한 기억을 지울 수 없었기 때문이다. 하지만 시간이 흐르면서 점점 편안해졌고, 결국 토토와 겁쟁이 사자는 좋은 친구가 되었다.

그날은 평화로운 여행을 방해하는 위험한 일이 다시 일어나지 않고 순조롭게 흘러갔다. 딱 한 번, 양철 나무꾼이 길 위를 기어가던 딱정벌레 한 마리를 밟는 바람에 벌레가 죽어버렸다. 그 때문에 나무꾼은 기분이 몹시 좋지 않았다. 살아 있는 것은 무엇이든 해치지 않으려고 늘 조심해왔기 때문이다. 나무꾼은 길을 걸으며 슬픔과 후회의 눈물을 몇 방울 흘렸다. 눈물은 그의 얼굴을 타고 천천히 흘러내려 턱을 적셨고, 이내 턱에는 녹이 슬었다. 잠시 후 도로시가 무엇인가를 물어보았을 때 양철 나무꾼은 입을 열 수가 없었다. 턱이 녹슬어서 입이 붙어버린 탓이었다. 깜짝 놀란 양철 나무꾼이 손짓 발짓으로 도로시에게 구해달라고 신호를 보냈지만, 도로시는 알아듣지 못했다. 사자 또한 뭐가 잘못됐는지 알 수 없었다. 하지만 허수아비가 도로시의 바구니에서 기름통을 꺼내 양철 나무꾼의 턱에 기름칠을 했다. 잠시 후 나무꾼은 전처럼 말을 할 수 있었다.

"이번 일로 발을 디딜 때 잘 살펴야 한다는 교훈을 얻었어. 딱정벌레라든가 다른 벌레들을 죽이면 나는 또 눈물을 흘릴 게 뻔하고, 그러면 턱이 녹슬어서 말을 하지 못할 테니까."

양철 나무꾼이 말했다.

그 뒤로 양철 나무꾼은 눈을 크게 뜨고 길을 살피면서 조심조심 걸음을 뗐고, 작은 개미가 보이자 밟지 않으려고 펄쩍 뛰어넘었다. 나무꾼은 자신에게 심장이 없다는 사실을 잘 알았고, 그래서 남에게 잔인하거나

y down his fa
they rusted.
ion the Tin Woodman could not open his mouth, for
ws were tightly rusted together. He became greatly
tened at this and made many motions to Dorothy to
e him, but she could not understand. The Lion was
puzzled to know what was wrong.
he Scarecrow seized the oil-can
Dorothy's basket and oiled the
dman's jaws, so that after a few
ents he could talk as well as
e.
This will serve me a les-
said he, "to look where I
For if I should kill an-
bug or beetle I should
y cry
, and
rusts
aw so
cannot
"
hereaf-
valked

불친절하게 굴지 않으려고 세심한 주의를 기울였다.

"너희는 심장이 있으니까 옳고 그른 것을 알고, 잘못된 행동을 하지 않잖아. 하지만 난 심장이 없으니 굉장히 신중해야 해. 오즈가 심장을 주면 나도 이렇게까지 신경 쓰지 않아도 될 거야."

Chapter 7

마법사 오즈를 만나러 가는 여행

The Journey to The Great Oz

한참을 걸어도 근처에서 집을 찾지 못한 도로시 일행은 어쩔 수 없이 커다란 나무 밑에서 밤을 보내기로 했다. 다행히 나무의 무성한 잎사귀들이 밤이슬을 피할 수 있는 지붕 역할을 했다. 양철 나무꾼이 도끼질을 해서 장작을 패 오자 도로시가 모닥불을 피웠다. 온기 덕분에 몸을 녹일 수 있었고 마음도 따뜻해졌다. 도로시와 토토는 마지막 남은 빵을 먹었다. 이제 다음 날 아침 식사를 어떻게 해결해야 할지 걱정이 되었다.

"원한다면 숲에 들어가서 네가 먹을 사슴 한 마리를 잡아올 수 있어. 너희는 입맛이 독특해서 익혀 먹는 음식을 좋아하니까 그걸 불에 구우면 될 거야. 아주 훌륭한 아침 식사를 하게 되는 거지."

사자가 말했다.

“제발, 그러지 마! 네가 가엾은 사슴을 죽이면 나는 분명 울고 말 거야. 그럼 내 턱에 또 녹이 슨다고!”

양철 나무꾼이 애원했다.

그러나 사자는 숲으로 들어가 자신의 저녁거리를 찾아냈다. 사자가 아무 말도 하지 않았기 때문에 뭘 먹었는지는 아무도 알 수 없었다. 허수아비는 호두가 주렁주렁 열린 나무를 발견해서 도로시의 바구니에 가득 담았다. 이제 도로시는 한동안 굶지 않게 되었다. 도로시는 허수아비가 매우 친절하고 사려 깊다고 생각했지만, 서툰 손길로 호두를 줍는 모습에 웃음을 참을 수 없었다. 밀짚으로 채워진 손의 움직임은 너무 둔한데 호두는 또 너무 작아서, 바닥으로 떨어뜨리는 게 바구니에 들어가는 것만큼 많았다. 하지만 허수아비는 바구니를 채우는 데 시간이 아무리 오래 걸려도 개의치 않았다. 그동안은 모닥불에서 멀리 떨어질 수 있어서였다. 허수아비는 밀짚에 불똥이 튀어 자기가 타버릴까 봐 무서웠고, 되도록 불에서 떨어져 있으려 했다. 도로시가 잠을 자려고 누웠을 때, 낙엽을 덮어주기 위해 단 한 번 불 가까이 다가갔을 뿐이다. 낙엽 이불 덕분에 도로시는 아늑하고 따뜻하게 아침까지 푹 잘 수 있었다.

날이 밝자 도로시는 개울에서 세수를 했고, 일행은 곧 에메랄드 시를 향해 출발했다.

그날은 많은 사건이 일어났다. 걷기 시작한 지 한 시간이 채 안 되었을 때, 갑자기 큰 도랑이 나타나 길을 막았다. 도랑은 숲을 둘로 갈라놓은 채 좌우로 끝없이 이어져 있었고, 폭이 아주 넓었다. 가장자리로 살금살금 다가가 들여다보니,

수심도 매우 깊은데다 바닥은 크고 울퉁불퉁한 바위로 덮여 있었다. 도랑의 경사면도 가팔라서 아무도 기어 내려갈 수 없었다. 이제 에메랄드 시로 향하는 길이 막다른 곳에 이른 것 같았다.

"어떡해야 하지?"

도로시가 기운 없는 목소리로 물었다.

"난 아무 생각도 떠오르지 않아."

양철 나무꾼이 말했다. 사자는 아무 말 없이 덥수룩한 갈기를 흔들며 생각에 잠겨 있을 뿐이었다. 그때 허수아비가 입을 열었다.

"우리가 날아서 갈 수는 없어. 그건 확실해. 그리고 이렇게 깊은 도랑으로 기어 내려갈 수도 없어. 도랑을 뛰어넘을 수 없다면, 여기에서 여행을 끝내야만 해."

"내가 건너뛸 수 있을 것 같아."

머릿속으로 도랑 폭을 조심스레 가늠하던 사자가 말했다.

"그럼 됐다. 네가 우리를 한 번에 한 명씩 태우고 건너면 돼."

허수아비가 대답했다.

"좋아, 시도해볼게. 누가 먼저 탈래?"

"내가 갈게. 네가 만약 도랑을 넘지 못하면 도로시는 죽을 거고, 양철 나무꾼은 저 아래 바위에 부딪혀 심하게 찌그러질 테니까. 하지만 난 떨어지더라도 다치지 않으니 상관없지."

허수아비가 나섰다.

"나도 빠질까 봐 무척 겁나지만, 다른 방법이 없으니 한번 해보는 수밖에. 그럼 내 등에 타."

겁쟁이 사자가 말했다.

허수아비가 사자의 등에 올라타자 사자는 도랑 기슭으로 걸어가서 몸을 웅크렸다.

"뒤에서부터 달려와서 뛰어야 하는 거 아니야?"

허수아비가 물었다.

"사자는 그렇게 하지 않아."

이렇게 대답한 사자가 펄쩍 뛰어올라 허공을 가르더니 건너편에 사뿐히 내려앉았다. 사자가 매우 쉽게 도랑을 건너자 모두 기뻐했다. 사자는 허수아비를 내려놓고 다시 도랑을 넘어왔다.

도로시는 다음 차례로 자기가 건너야겠다고 생각했다. 그래서 토토를 품에 안고 사자의 등에 올라탄 다음, 한 손으로 갈기를 꽉 붙잡았다. 순간 하늘을 나는 느낌이 들었는데, 그런 생각을 제대로 할 틈도 없이 도랑 건너편에 안전하게 도착했다. 사자는 또 한 번 도랑을 건너가서 양철 나무꾼을 데려왔다. 일행은 잠시 앉아서 사자가 휴식할 시간을 주었다. 펄쩍펄쩍 뛰느라 숨이 가빠진 사자는 먼 길을 달린 커다란 개처럼 헐떡거렸다.

건너온 이쪽 숲은 나무가 울창해서 어둡고 음산했다. 사자가 쉬고 난 뒤, 일행은 다시 노란 벽돌 길을 따라 걷기 시작했다. 각자 생

각에 잠긴 채, 숲이 끝나면 다시 환한 햇살이 비치는 곳이 나올지 불안한 마음이었다. 그때, 숲 속 깊은 곳에서 이상한 소리가 들려왔다. 사자는 이곳이 칼리다가 사는 지역이라고 속삭였다.

"칼리다가 뭐야?"

도로시가 물었다.

"몸은 곰 같은데 머리는 호랑이처럼 생긴 괴물이야. 발톱이 하도 길고 날카로워서 나까지 쉽게 두 동강 낼 수 있어. 내가 토토에게 할 수 있는 것처럼 말이야. 나는 칼리다가 끔찍하게 무서워."

사자가 대답했다.

"그럴 만도 하겠어. 분명히 무시무시한 괴물일 거야."

도로시가 대꾸했다.

사자가 다시 대답하려는 순간, 눈앞에 또 다른 도랑이 나타나 길을 가로막았다. 이번 도랑은 너무 넓고 깊어서 사자는 자신이 뛰어넘을 수 없다는 것을 바로 깨달았다. 그래서 일행은 그 자리에 주저앉아 어떻게 해야 할지 고민했고, 마침내 허수아비가 제안했다.

"도랑 근처에 큰 나무가 서 있잖아. 양철 나무꾼이 저걸 베어서 도랑 위로 쓰러뜨리면, 그 위로 쉽게 걸어갈 수 있을 거야."

"그것참, 멋진 계획인걸! 누가 네 머리에 뇌가 아니라 밀짚이 들어 있다고 생각하겠어?"

사자가 감탄했다.

양철 나무꾼은 당장 도끼를 들고 나무를 찍기 시작했다. 도끼날이 매우 날카로워서 나무는 금세 쓰러지듯 기울어졌다. 그러자 사자가 힘센 앞발로 온 힘을 다해 나무를 밀었다. 커다란 나무가 천천히 기울어지더니 도랑 위로 넘어갔다. 나무 꼭대기의 가지가 저쪽에 가 닿았다.

일행이 이 기묘한 다리를 막 건너기 시작할 때, 날카로운 울음소리가 들렸다. 돌아보니 곰의 몸에 호랑이 머리의 괴물 두 마리가 뒤따라오는 게 보였다.

"칼리다들이 온다!"

겁쟁이 사자가 덜덜 떨면서 말했다.

"서둘러! 얼른 다리를 건너자!"

허수아비가 소리쳤다.

토토를 품에 안은 도로시가 맨 먼저 다리를 건넜다. 그 뒤를 양철 나무꾼이, 그다음에는 허수아비가 건넜다. 사자는 정말 겁이 났지만, 몸을 돌려 칼리다와 마주 섰다. 그리고 엄청나게 크고 무시무시한 소리를 내며 울부짖었다. 그 소리에 도로시는 비명을 질렀고, 허수아비는 뒤로 나자빠졌다. 무섭게 달려오던 괴물들도 멈칫하더니 놀란 표정으로 사자를 바라보았다.

하지만 칼리다들은 자신들이 사자보다 몸집이 더 클 뿐만 아니라 자기네는 둘인데 사자는 혼자라는 것을 알아차리고 다시 달려왔다. 사자가 재빨리 다리를 건넌 다음 뒤돌아보니 사나운 괴물들이 막 다리에 오르고 있었다. 사자가 도로시에게 말했다.

"우리는 이제 끝났어. 저 괴물들이 날카로운 발톱으로 우리를 갈기갈기 찢어버릴 게 틀림없어. 하지만 내 뒤에 바짝 붙어 숨어 있으라고. 내가 살아 있는 한 저놈들과 맞서 싸울 테니까."

"잠깐만 기다려!"

어떻게 하면 좋을지 계속 궁리하던 허수아비가 외쳤다. 그리고 황급히 양철 나무꾼에게 이쪽에 걸쳐진 나무다리를 자르라고 부탁했다. 양철 나무꾼은 바로 도끼를 휘둘렀고, 두 마리 칼리다가 다리를 거의 다 건널 즈음 나무는 깊은 도랑 속으로 우당탕 떨어졌다.

thing not to be alive. Those creatures frightened me so badly that my heart is beating yet.

"Ah," said the Tin Woodman, sadly, "I wish I had a heart to beat."

This adventure made the travellers more anxious than ever to get out of the forest, and they walked so fast that Dorothy became tired, and had to ride on the Lion's back. To their great joy the trees became thinner the further they advanced, and in the afternoon they suddenly came upon a broad river, flowing swiftly just before them. On the other side of the water they could see the road of yellow brick running through a beautiful country, with green meadows dotted with bright flowers and all the road bordered with trees hanging full of delicious fruits. They were greatly pleased to see this delightful country before them.

"How shall we cross the river?" asked Dorothy.

"That is easily done," replied the Scarecrow. "The Tin Woodman must build us a raft, so we can float to the other side."

So the Woodman took his axe and began to chop down small trees to make a raft, and while he was busy at this the Scarecrow found on the river bank a tree full of

으르렁거리며 달려오던 무시무시한 괴물들도 나무와 함께 떨어지면서 바닥에 솟아 있는 날카로운 바위에 갈가리 찢기고 말았다.

"다행이야! 우리 모두 조금 더 오래 살게 됐으니……. 죽는 건 싫으니 정말 기뻐. 저 괴물들 때문에 어찌나 겁을 먹었던지 아직도 심장이 두근거리네."

사자가 말했다.

"아, 나도 두근거릴 심장이 있으면 좋으련만……."

양철 나무꾼이 서글프게 말했다.

이 모험으로 일행은 숲을 벗어나고 싶은 마음이 더 간절해졌고, 그래서 다들 너무 빨리 걸은 탓에 도로시는 곧 지쳐버려 사자의 등에 타야만 했다. 숲이 점점 성기어지자 모두 기뻐하면서 걸음을 재촉했다. 오후 무렵, 갑자기 눈앞에 폭이 넓고 물살이 빠른 강이 나타났다. 강 건너편에는 아름다운 들판 위로 노란 벽돌 길이 뻗어 있었다. 푸른 들판 군데군데에 꽃이 무리지어 피어 있고, 길 양옆으로는 먹음직스러운 과일이 잔뜩 열린 나무가 줄지어 서 있었다. 눈앞에 펼쳐진 아름다운 풍경에 도로시와 친구들은 몹시 기뻤다.

"어떻게 강을 건너지?"

도로시가 물었다.

"어렵지 않아. 양철 나무꾼이 나무로 뗏목을 만들면 그걸 타고 건너는 거야."

허수아비가 대답했다.

그래서 양철 나무꾼은 뗏목을 만들기 위해 도끼로 작은 나무들을 베기 시작했다. 양철 나무꾼이 바쁘게 일하는 동안 허수아비는 강둑에서 과일이 가득 열린 나무를 찾아냈다. 온종일 호두밖에 못

먹은 도로시가 기뻐하며 잘 익은 과일을 배불리 먹었다.

하지만 뗏목을 만드는 일은 시간이 꽤 걸렸다. 양철 나무꾼처럼 부지런하고 지칠 줄 모르는 일꾼도 밤이 될 때까지 일을 마치지 못했다. 그래서 도로시 일행은 나무 아래 아늑한 자리를 발견해 아침이 올 때까지 편안하게 잠들었다. 도로시는 꿈속에서 에메랄드 시를 보았고, 자신을 곧 고향으로 보내줄 착한 마법사 오즈도 만났다.

N.Y.

526 McDonough St.
Brooklyn 33, N.Y.
c/o Brown

BROOKLYN, N.Y. 10
APR 29
9 AM
1947

Chapter 8

죽음의 양귀비 꽃밭

The Deadly Poppy Field

다음 날 아침 상쾌한 기분으로 잠에서 깨어난 도로시와 친구들은 잔뜩 희망에 부풀었다. 도로시는 강기슭의 나무에서 따온 복숭아와 자두로 공주님처럼 아침 식사를 했다. 온갖 장애물로 어려움을 겪었던 어두운 숲에서 모두 안전하게 빠져나와, 이제는 그곳을 뒤로하고 떠날 일만 남았다. 눈앞에 펼쳐진 아름다운 들판이 에메랄드 시로 어서 오라고 손짓하는 듯했다.

물론 넓고 깊은 강이 그 아름다운 땅으로 향하는 길을 가로막고 있었지만, 뗏목은 거의 다 완성되었다. 양철 나무꾼이 통나무 몇 개를 나무못으로 연결하자 드디어 모든 준비가 끝났다. 도로시는 토토를 품에 안고 뗏목 한가운데에 자리 잡았다. 겁쟁이 사자가 올라타자 뗏목이 심하게 기울어졌다. 몸집이 너무 크고 무거운 탓이었다. 허수아비와 양철 나무꾼이 균형을 잡기 위해 사자의 반대편에 섰다. 둘은 장대로 노를 저어 뗏목을 강물에 띄웠다.

처음에 뗏목은 순조롭게 나아갔다. 그런데 강 한가운데 다다르자 빠른 물살에 떠밀리면서 건너편 노란 벽돌 길이 시작되는 곳에서 자꾸 멀어졌다. 더욱이 강물은 점점 깊어져 장대가 강바닥에 닿지 않을 정도였다.

"이거 큰일이네. 저쪽 강기슭에 닿지 못하면 서쪽 못된 마녀의 나라까지 떠내려갈지도 몰라. 그러면 마녀가 마법을 걸어 우리를 노예로 만들어버릴 텐데……."

양철 나무꾼이 말했다.

"그러면 나는 뇌를 얻지 못할 거야."

허수아비가 말했다.

"나는 용기를 얻지 못할 테고."

겁쟁이 사자가 말했다.

"난 심장을 얻지 못하는 거지."

양철 나무꾼도 거들었다.

"난 캔자스로 영원히 못 돌아갈 거야."

도로시가 덧붙였다.

"무슨 수를 써서라도 우리는 반드시 에메랄드 시로 가야만 해."

허수아비가 이렇게 말하면서 장대로 힘껏 노를 저었는데, 그러다 그만 막대기가 강바닥의 진흙에 박혀버렸다. 허수아비가 장대를 다시 뽑지도 놓아버리지도 못하는 사이, 뗏목은 빠른 속도로 떠내려갔다. 가엾은 허수아비는 장대에 매달린 채 강 한가운데에 남겨졌다.

"안녕, 잘 가!"

허수아비가 작별 인사를 건넸다. 뗏목에 있는 친구들은 허수아비를 혼자 두고 가는 게 몹시 가슴 아팠다. 양철 나무꾼은 울기 시작했지만, 녹슬어버릴지도 모른다는 생각이 떠올라 도로시의 앞치마로 얼른 눈물을 닦았다.

물론 허수아비에게는 정말 안된 일이었다. 허수아비는 생각했다.

'거참, 도로시를 처음 만났을 때보다 상황이 더 나빠졌네. 그때는 옥수수 밭에서 매달려 있었지만, 어쨌거나 까마귀들을 겁주는 중이라고 으스댈 수는 있었지. 하지만 강 한복판에서 장대에 매달린 허수아비란 아무짝에도 쓸모가 없잖아. 이제 뇌를 갖기란 영영 다 틀린 것 같아!'

가엾은 허수아비를 뒤로하고, 뗏목은 물살을 타고 계속 흘러갔다. 마침내 사자가 입을 열었다.

"무슨 일이든 해야 해. 내가 뗏목을 끌고 저쪽 강가로 헤엄쳐갈 수 있을 것 같아. 그러니 내 꼬리만 꽉 붙잡아."

말을 마치자 사자는 물속으로 뛰어들었고, 양철 나무꾼은 사자의 꼬리를 단단히 붙잡았다. 사자는 온 힘을 다해 헤엄치기 시작했다. 몸집이 큰 사자에게도 매우 힘든 일이었으나 어느덧 뗏목은 조금씩 물살을 벗어났다. 도로시도 양철 나무꾼의 장대를 잡고 뗏목을 밀어 기슭에 가까워지도록 도왔다.

마침내 강가에 이르러 풀밭에 내려섰을 때 도로시와 친구들은 모두 지쳐 있었다. 게다가 물살에 떠밀려 도착한 곳이 에메랄드 시로 향하는 노란 벽돌 길에서 한참이나 떨어져 있음을 깨달았다.

사자는 햇볕에 몸을 말리려고 풀밭에 누웠다.

"이제 어떡하지?"

양철 나무꾼이 물었다.

"노란 벽돌 길로 돌아가야만 해."

도로시가 대답했다.

"가장 좋은 방법은 노란 벽돌 길이 다시 나올 때까지 강을 따라 거슬러 올라가는 거야."

사자가 말했다.

잠시 쉬고 난 후 도로시는 바구니를 들고 친구들과 함께 풀이 난 강둑을 따라 거슬러 걷기 시작했다. 꽃과 과일나무로 둘러싸인 주위로 따스한 햇살이 내리쬐고 있었다. 허수아비 걱정만 아니었어도 모두 더없이 행복한 기분이었을 것이다.

도로시가 예쁜 꽃을 꺾으려고 한 차례 걸음을 멈추었을 뿐 일행은 쉬지 않고 내내 빠르게 걸었다. 그렇게 얼마쯤 가다가 양철 나무꾼이 소리쳤다.

"저기 좀 봐!"

양철 나무꾼이 가리키는 곳을 바라보니 허수아비가 강 한복판에 박힌 장대에 처량한 모습으로 매달려 있었다.

"허수아비를 구할 방법이 없을까?"

도로시가 물었다.

사자와 양철 나무꾼은 어떻게 해야 할지 몰라 둘 다 고개를 저었다. 모두 강둑에 주저앉아 안타까운 마음으로 허수아비를 바라볼 뿐이었다. 그때 날아가던 황새 한 마리가 도로시 일행을 보고 물가에 내려앉았다.

"너희는 누구야? 어디로 가는 길이지?"

황새가 물었다.

"난 도로시야. 그리고 얘들은 내 친구인 양철 나무꾼과 겁쟁이 사자야. 우리는 에메랄드 시로 가고 있어."

"이 길이 아닌데."

황새가 긴 목을 틀어서 별난 행색을 한 도로시 일행을 날카로운 눈매로 살펴보았다.

"나도 알아. 하지만 허수아비를 홀로 남겨두고 왔거든. 그래서 어떻게 하면 그 친구를 데려올 수 있을까 고민 중이야."

"허수아비는 어디에 있는데?"

"저기 강 한복판에."

"그 친구가 몸집이 너무 크거나 무겁지만 않으면 내가 데려올 수 있어."

황새가 장담했다.

"전혀 무겁지 않아. 밀짚으로 만들어져 있거든. 네가 우리 친구를 데려와주면 정말로 고맙겠어."

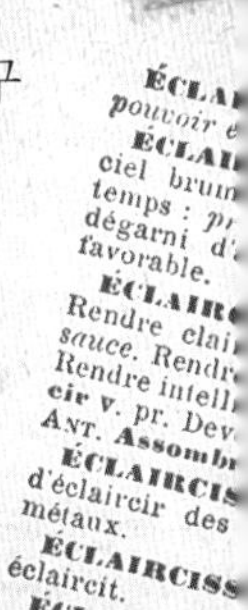

도로시가 열심히 설명했다.

"그래, 한번 해볼게. 하지만 너무 무거우면 강에 떨어뜨릴지도 몰라."

황새는 하늘로 올라가 강물 위를 날아서 허수아비가 매달려 있는 장대에 내려앉았다. 그리고 커다란 발톱으로 허수아비의 팔을 움켜잡은 뒤, 하늘을 날아서 도로시와 양철 나무꾼, 사자가 있는 강둑에 도착했다.

친구들과 다시 만난 허수아비는 도로시와 양철 나무꾼, 사자와 토토까지 끌어안으며 기뻐했다. 모두 함께 걷기 시작했고, 허수아비는 한 걸음 한 걸음 내디딜 때마다 신이 나서 콧노래를 불렀다.

"영원히 강 한가운데에 있어야 하는 줄 알고 얼마나 무서웠다고! 하지만 친절한 황새가 구해줬으니, 나에게 뇌가 생기면 황새를 찾아가 꼭 보답할 테야."

"괜찮아. 나는 누구든 어려움에 처하면 기꺼이 돕곤 해. 이제 가봐야겠어. 새끼들이 둥지에서 나를 기다리고 있거든. 무사히 에메랄드 시까지 가서 오즈에게 도움을 받길 바랄게."

일행 옆에서 날던 황새가 말했다.

"고마워."

도로시가 인사를 했고, 친절한 황새는 하늘로 날아올라 곧 어디론가 사라졌다.

도로시와 친구들은 화려한 빛깔의 새들이 부르는 노랫소리에 귀 기울이고, 아름다운 꽃들을 둘러보면서 걸었다. 얼마쯤 가니 마치 양탄자를 깔아놓은 것처럼 빽빽하게 꽃이 피어 있었다. 노랑, 하양, 파랑, 그리고 보랏빛의 커다란 꽃송이뿐만 아니라 새빨간 양귀비꽃도 한가득했다. 환하고 선명한 양귀비꽃의 빛깔에 도로시는 눈을 뗄 수가 없었다.

"정말 아름답지 않니?"

양귀비꽃의 진한 향기를 맡으면서 도로시가 말했다.

"그런 것 같아. 뇌가 생기면 나도 꽃을 더 좋아할 수 있겠지."

허수아비가 고개를 끄덕이며 말했다.

"심장이 있다면 나도 꽃을 좋아할 텐데."

양철 나무꾼도 거들었다.

"난 언제나 꽃을 좋아했어. 워낙 여리고 약해 보이잖아. 하지만 이렇게 화려한 꽃은 숲에서 본 적이 없는 것 같아."

사자가 말했다.

도로시와 친구들이 앞으로 나아갈수록 붉고 탐스러운 양귀비가 점점 더 많아지고, 다른 꽃은 점차 눈에 띄지 않았다. 그러다가 드넓은 양귀비 들판 한가운데까지 오게 되었다. 잘 알려졌다시피, 양귀비꽃이 한데 어울려 있으면 뿜어내는 향기가 너무 독해서 그것을 맡은 사람은 곧 잠에 빠져들게 된다. 그때 다른 곳으로 옮겨주지 않으면 그 사람은 영원히 깨어날 수 없다. 하지만 도로시는 그 사실을 알지 못했고, 설사 알았다고 하더라도 붉은 꽃으로 가득 찬 들판을 미처 벗어나기 어려웠을 것이다. 도로시의 눈꺼풀은 점점 무거워졌고, 마침내 그 자리에 주저앉아 잠들고만 싶었다.

하지만 양철 나무꾼은 도로시를 내버려두지 않았다.

"서둘러야 해. 어두워지기 전에 노란 벽돌 길로 돌아가야 하니까."

허수아비도 양철 나무꾼과 같은 생각이었다. 그래서 계속 걸었지만, 마침내 도로시는 더 이상 서 있을 수 없는 지경에

이르렀다. 정신을 차리려 했으나 눈이 스르륵 감겨버렸다. 결국 도로시는 양귀비 꽃밭에 쓰러져 깊이 잠들고 말았다.

"어떻게 하지?"

양철 나무꾼이 물었다.

"여기 남겨두면 도로시는 죽게 돼. 꽃향기 때문에 우리 모두 죽을 거야. 내 눈도 거의 감기고 있어. 토토는 벌써 잠들었고……."

사자가 말했다.

맞는 말이었다. 토토는 주인 곁에 쓰러져 있었다. 그러나 밀짚과 양철로 만들어진 허수아비와 양철 나무꾼은 꽃향기에 아무런 영향도 받지 않았다.

"넌 어서 달아나. 가능한 한 빨리 이 죽음의 꽃밭에서 벗어나. 도로시는 우리가 데려갈게. 하지만 네가 잠들면 몸집이 너무 커서 데려갈 수가 없어."

허수아비가 사자에게 말했다.

사자는 졸음을 쫓으려 애쓰면서 성큼성큼 앞으로 달려갔다. 사자의 모습은 순식간에 눈앞에서 사라졌다.

"우리 둘이 손가마를 만들어서 도로시를 옮기자."

허수아비가 제안했다.

허수아비와 양철 나무꾼은 토토를 도로시의 무릎에 올린 뒤, 둘이서 손과 팔을 맞잡고 그 위에 도로시를 앉혀 꽃 사이를 지나갔다.

그들은 쉬지 않고 걸었다. 죽음의 꽃밭은 끝이 보이지 않았다. 굽이치는 강을 따라 한참 걷다가 양귀비꽃 사이에 쓰러져 잠든 사자를 발견했다. 꽃향기가 너무 강해서 사자도 양귀비 꽃밭이 끝나기 직전에 쓰러져버린 것이다. 코앞에 싱그러운 풀이 가득한 들판이 아름답게 펼쳐져 있었다.

“사자를 위해 할 수 있는 게 아무것도 없군. 저 친구는 너무 무거워서 들어 올릴 수도 없잖아. 여기서 영원히 자게 할 수밖에……. 꿈속에서라도 용기를 얻게 될지 몰라.”

양철 나무꾼이 슬퍼하며 말했다.

“정말 안됐어. 겁쟁이긴 해도 정말 좋은 친구였는데……. 이제 그만 가자.”

허수아비가 말했다.

허수아비와 양철 나무꾼은 잠든 도로시를 강 옆의 아늑한 장소로 데려갔다. 양귀비꽃의 독한 향기를 더는 들이마실 염려 없이 멀리 떨어진 곳이었다. 그런 뒤 부드러운 풀밭 위에 도로시를 살짝 내려놓고, 신선한 바람에 도로시가 깨어나기를 기다렸다.

"I'm sorry," said the Scarecrow; "the Lion was a very good comrade for one so cowardly. But let us go on."

They carried the sleeping girl to a pretty spot beside the river, far enough from the poppy field to prevent her breathing any more of the poison of the flowers, and here they laid her gently on the soft grass and waited for the fresh breeze to waken her.

Success four [illegible]

wind started [illegible]

through [illegible]

home [illegible]

Chapter 9

들쥐 여왕

The Queen of the Field Mice

"여기는 노란 벽돌 길에서 그리 멀지 않은 곳일 거야. 아까 강물에 떠내려간 거리만큼 걸어온 것 같거든."

잠든 도로시 곁에 서 있던 허수아비가 말했다.

양철 나무꾼이 막 대답을 하려는데 어디선가 낮은 울음소리가 들려왔다. 고개를 돌려보니(목 이음매 부분이 부드럽게 움직였다) 이상하게 생긴 짐승이 풀밭을 가로질러 껑충껑충 뛰어오고 있었다. 몸집이 큰 노란 살쾡이였는데, 무엇인가를 쫓고 있는 게 분명했다. 귀가 뒤로 바짝 젖혀져 있고, 크게 벌린 입으로 사납게 생긴 이빨이 고스란히 드러나 있으며, 시뻘건 눈은 불꽃처럼 이글거리고 있었다. 살쾡이가 가까이 다가왔을 때에야 양철 나무꾼은 살쾡이가 작은 들쥐 한 마리를 쫓고 있다는 것을 알았다. 비록 심장은 없었지

만, 양철 나무꾼은 살쾡이가 저렇게 귀엽고 작은 동물을 해치는 건 잘못됐다는 생각을 했다.

그래서 양철 나무꾼은 도끼를 들어 올리고 있다가 살쾡이가 앞으로 휙 지나가는 순간 재빨리 내리쳐 머리를 잘라버렸다. 두 동강 난 살쾡이의 몸통과 머리가 양철 나무꾼의 발 근처로 굴러떨어졌다.

살쾡이에게서 벗어난 들쥐가 양철 나무꾼에게 다가와 찍찍거리며 말했다.

"정말 감사드려요. 제 목숨을 구해주시다니 뭐라고 감사를 드려야 할지 모르겠어요."

"그런 말 하지 마. 나는 심장이 없으니까. 도움이 필요한 일이라면 누구든 도와줄 뿐이야. 그게 비록 하찮은 들쥐일지라도 말이야."

"Permit me to introduce to you her Majesty, the Queen."

양철 나무꾼이 대답했다.

"하찮은 들쥐라니! 이봐요, 나는 여왕이라고요. 모든 들쥐를 다스리는 여왕!"

작은 들쥐가 화를 내며 소리쳤다.

"아, 그렇구나."

양철 나무꾼이 허리를 굽혀 인사했다.

"그러니까 당신이 내 목숨을 구해준 건 용감한 행동일 뿐만 아니라 훌륭한 일이라고요."

그 순간 들쥐 몇 마리가 짧은 다리로 있는 힘껏 달려왔다. 여왕을 발견한 들쥐들이 환호성을 질렀다.

"여왕마마! 저희는 마마께서 돌아가신 줄 알았습니다. 그 못된 살쾡이를 어떻게 피하셨나요?"

그리고 모두 물구나무서기라도 할 정도로 머리를 조아렸다.

"이 이상하게 생긴 분이 살쾡이를 죽이고 내 목숨을 구해주었다. 그러니 너희 모두 이분을 잘 대접하고, 이분이 바라는 작은 소원이라도 모두 들어드리도록 하라!"

"잘 알겠습니다."

들쥐들이 찍찍거리며 입을 모아 소리쳤다. 그러더니 갑자기 사방으로 뿔뿔이 흩어지기 시작했다. 토토가 잠에서 깨어나 주위에 있는 들쥐들을 보고 신 나게 짖어대며 달려들었다. 토토는 캔자스에 있을 때는 늘 재미삼아 들쥐들을 쫓아다녔고, 그게 별로 잘못된 행동이라고 생각하지도 않았다. 양철 나무꾼이 토토를 붙잡아 품에 꼭 안으면서 들쥐들을 불렀다.

"돌아와! 돌아오라고! 토토는 아무도 해치지 않아."

그러자 들쥐 여왕이 풀숲에서 머리를 삐죽 내밀고 겁먹은 목소리로 물었다.

"정말로 물지 않아요? 확실해요?"

"내가 안고 있을게. 그러니 걱정 말고 이리로 와."

들쥐가 하나둘 살금살금 돌아왔다. 토토는 양철 나무꾼의 품에서 빠져나오려고 버둥거렸지만 다시 짖지는 않았다. 만약 양철로 만들어진 줄 몰랐다면 나무꾼을 물어뜯었을 것이다. 마침내 들쥐 가운데 가장 몸집이 큰 쥐가 입을 열었다.

"여왕님을 구해주셨으니 저희가 해드릴 일이 없을까요?"

"생각나는 게 아무것도 없어."

양철 나무꾼이 대답했다. 그때 늘 생각하려고 애쓰지만 머리에 밀짚만 들어 있어서 생각을 할 수 없는 허수아비가 재빨리 말했다.

"아, 하나 있어! 너희가 우리 친구인 겁쟁이 사자를 구해줄 수 있을 거야. 양귀비 꽃밭에서 잠이 들었거든."

"사자라고요? 안 돼요! 우리를 몽땅 잡아먹으면 어떡해요."

작은 들쥐 여왕이 비명을 질렀다.

"그렇지 않을 거야. 그 사자는 겁쟁이니까."

허수아비가 장담했다.

"정말요?"

들쥐 여왕이 되물었다.

"자기 입으로 그렇게 말하는걸. 게다가 절대로 우리 친구를 해치지 않아. 너희가 구해준다면, 사자는 무척 친절하게 대할 거야. 내가 약속할게."

허수아비가 말했다.

"좋아요. 그 말을 믿을게요. 그럼 어떻게 하면 되죠?"

"네 명령에 복종하는 들쥐들이 많아?"

"그럼요, 수천 마리이지요."

"그러면 최대한 빨리 불러모아줘. 그리고 긴 끈을 하나씩 가져오라고 해줘."

여왕은 들쥐들을 돌아보며 곧장 가서 모든 들쥐를 데려오라고 했다. 명령이 떨어지자마자 들쥐들은 잽싸게 사방으로 흩어졌다.

"자, 이제 넌 강가로 가서 나무로 수레를 만들어. 그 수레에다 끈을 달아서 사자를 데려오는 거야."

허수아비가 양철 나무꾼에게 말했다.

양철 나무꾼은 당장 수레를 만들기 시작했다. 큰 나뭇가지들을 베어 잎과 잔가지를 쳐내고, 이것을 나무못으로 연결한 뒤 나무 밑동을 얇게 잘라 바퀴 네 개를 만들어 달았다. 양철 나무꾼의 재빠르고 뛰어난 솜씨 덕분에 들쥐들이 도착할 무렵에는 이미 수레가 완성되어 있었다.

들쥐는 사방에서 나타났고 큰 쥐, 작은 쥐, 중간 크기의 쥐가 수천 마리는 되어 보였다. 입에는 끈을 하나씩 물고 있었다. 바로 그즈음 도로시가 긴 잠에서 깨어나 눈을 떴다. 도로시는 풀밭에 누워 있던 자기 주위를 겁먹은 표정의 들쥐 수천 마리가 둘러싼 것을 보고 깜짝 놀랐다. 곧바로 허수아비가 도로시에게 모든 상황을 설명했다. 그리고 위엄 있게 서 있는 들쥐 여왕을 소개했다.

"인사해, 들쥐 여왕이야."

도로시는 정중하게 고개를 끄덕였고, 여왕은 허리를 굽혀 인사했다. 인사를 나눈 들쥐 여왕과 도로시는 금세 가까워졌다.

허수아비와 양철 나무꾼은 끈으로 들쥐들을 수레에 묶기 시작했다. 끈의 한쪽 끝은 고리를 만들어 들쥐의 목에 묶고 다른 쪽 끝은 수레에 연결했다. 물론 수레는 그것을 끌 들쥐보다 엄청나게 컸다. 하지만 들쥐들이 힘을 합치자 쉽게 움직였다. 허수아비와 양철 나무꾼이 수레에 탔는데도 사자가 자는 곳까지 금방 끌고 갔다.

사자는 너무도 무거워서 노력 끝에 겨우 수레에 태울 수 있었다. 그러자 들쥐 여왕은 서둘러 출발하라고 명령했다. 양귀비 꽃밭에

오래 머물다가는 들쥐들까지 잠들까 봐 걱정되었기 때문이다.

들쥐의 수가 많기는 했지만 사자가 워낙 무거운 탓에 수레는 꿈쩍도 하지 않았다. 그러나 양철 나무꾼과 허수아비가 힘을 합해 수레의 뒤를 밀자 조금씩 움직이기 시작했다. 사자는 금세 양귀비 꽃밭을 벗어나 풀밭으로 옮겨졌다. 이제 독한 꽃향기 대신 신선하고 맑은 공기를 다시 마실 수 있었다.

도로시가 마중을 나와서는 들쥐들에게 몇 번이나 따뜻한 감사의 말을 전했다. 도로시는 정들었던 사자가 살아나 몹시 기뻤다.

들쥐들은 수레에 연결했던 끈을 풀고, 집에 돌아가기 위해 풀숲으로 흩어졌다. 들쥐 여왕이 마지막까지 남았다.

"도움이 다시 필요하면 들판으로 와서 우리를 불러요. 당신들 목소리를 듣고 달려올 테니까요. 그럼 안녕!"

들쥐 여왕이 인사했다.

"잘 가!"

도로시와 친구들이 답하자 들쥐 여왕은 사라졌다. 도로시는 토토가 여왕을 쫓아가서 놀라게 할까 봐 한동안 꼭 붙잡고 있었다.

일행은 이제 사자가 깨어나기를 기다렸다. 허수아비는 근처에 있는 나무 열매를 따서 도로시의 저녁 식사를 마련해주었다.

Chapter 10

문지기

The Guardian of the Gate

겁쟁이 사자가 깨어나기까지는 시간이 꽤 걸렸다. 너무 오랫동안 양귀비 꽃밭에 누워 향기를 맡았기 때문이었다. 마침내 눈을 떠 수레에서 내려왔을 때, 사자는 자기가 아직 살아 있다는 것을 깨닫고 매우 기뻐했다.

"난 정말 있는 힘을 다해서 달렸어. 하지만 꽃향기가 너무 강하더라고. 어떻게 나를 데려온 거야?"

사자가 바닥에 털썩 주저앉아 하품하면서 말했다.

도로시와 친구들은 사자에게 들쥐 이야기와 함께 사자를 죽음에서 구하기 위해 얼마나 애썼는지 설명했다. 겁쟁이 사자가 웃으면서 말했다.

"난 내가 아주 크고 무서운 짐승이라고 생각했어. 그런데 연약

한 꽃 때문에 하마터면 죽을 뻔하고, 작은 들쥐들이 내 목숨을 구하다니 참 신기한 일이네! 그런데 친구들, 이젠 어떻게 할 거지?"

"노란 벽돌 길이 다시 보일 때까지 계속 걸어야겠지. 그래야 에메랄드 시로 갈 수 있을 테니까."

도로시가 말했다.

사자가 정신을 차리고 기운을 되찾은 뒤 일행은 다시 출발했다. 부드럽고 싱그러운 풀밭을 즐겁게 걸었다. 얼마쯤 가니 노란 벽돌 길이 나타났다.

길은 험하지 않고 포장이 잘 되어 있었다. 주위 풍경도 아름다웠다. 도로시 일행은 어두침침한 그늘에 수많은 위험이 도사리고 있던 숲을 완전히 벗어나게 되어 기뻤다. 또다시 길옆에 울타리가 세워져 있었는데 이번에는 초록색으로 칠해져 있었다. 농부가 사는 듯한 작은 집이 보였고, 가까이 다가가니 그 집도 초록색이었다. 도로시와 친구들은 오후 내내 비슷한 집들을 지나쳤다. 이따금 사람들이 문 앞에 나와 무엇인가 묻고 싶은 표정으로 도로시 일행을 바라보았다. 하지만 덩치가 큰 사자가 무서워서인지 아무도 선뜻 다가오거나 말을 걸지 않았다. 사람들은 사자를 몹시 무서워하는 것 같았다. 모두 화사한 에메랄드 빛깔의 초록색 옷을 입고 있었고, 먼치킨처럼 뾰족모자를 쓰고 있었다.

"여기는 오즈가 다스리는 나라가 틀림없어. 우리는 분명 에메랄드 시에 가까이 온 거야."

도로시가 말했다.

"맞아. 먼치킨들은 파란색을 좋아했는데, 이곳은 모든 것이 초록색이잖아. 하지만 이곳 사람들은 먼치킨처럼 친절해 보이지는 않네. 오늘 밤 묵을 곳을 찾을 수 있을지 걱정이군."

허수아비가 말했다.

"나는 과일 말고 좀 다른 걸 먹고 싶은데……. 게다가 토토는 굶어 죽을 지경일 거야. 다음 번에 보이는 집에 들러서 부탁해보자."

도로시가 말했다.

가까운 곳에 꽤 큰 농가가 보이자, 도로시는 용기를 내어 현관으로 다가가 문을 두드렸다. 한 아줌마가 겨우 밖을 내다볼 수 있을 만큼만 문을 열고 말했다.

"무슨 일이지? 저 커다란 사자는 왜 데리고 다니는 거야?"

"괜찮으시다면 저희가 하룻밤을 묵어갈 수 있나 해서요. 사자는 함께 여행 중인 친구예요. 절대로 아무도 해치지 않아요."

도로시가 대답했다.

"길들여진 거니?"

문을 조금 더 열면서 아줌마가 물었다.

"아, 물론이에요. 게다가 쟤는 엄청난 겁쟁이라고요. 아줌마가 사자를 무서워하는 것보다 사자가 아줌마를 더 무서워할걸요."

그러자 아줌마는 곰곰 생각하더니, 사자를 한 번 더 흘낏하고서 말을 이었다.

"그렇다면 들어오렴. 저녁 식사와 잠자리를 마련해줄게."

도로시와 친구들은 안으로 들어갔다. 집에는 두 아이와 아저씨가 있었다. 아저씨는 다리를 다쳐서 구석에 놓인 소파에 누워 있었다. 다들 이상한 행색의 손님들을 보고 적잖이 놀란 기색이었다. 아줌마가 분주히 저녁을 준비하는 동안, 아저씨가 도로시에게 이것저것을 물었다.

"너희는 어디로 가는 길이지?"

"마법사 오즈를 만나러 에메랄드 시로 가고 있어요."

"그렇군! 오즈가 너희를 만나줄 거라고 생각하니?"

"그럼요, 당연히 만나주겠지요!"

"글쎄다. 오즈는 아무도 직접 만나지 않는다는 소문이 있어. 나도 에메랄드 시에 여러 번 가봤는데, 아주 아름답고 멋진 곳이지. 하지만 마법사 오즈는 단 한 번도 만나지 못했고, 만났다고 하는 사람도 못 봤구나."

"오즈는 밖에도 나오지 않나요?"

허수아비가 물었다.

"절대로 안 나와. 언제나 궁전 안 접견실에서 꼼짝도 안 한대. 시중드는 사람들조차 직접 본 적이 없다고 하더구나."

"어떻게 생겼는데요?"

도로시가 물었다.

"그것참, 대답하기 어렵군. 너희들도 알다시피 오즈는 위대한 마법사라서 뭐든 자기가 원하는 모습으로 변할 수 있어. 어떤 사람은 오즈가 새처럼 생겼다고 하고, 어떤 사람은 코끼리처럼 생겼다고 해. 또 어떤 사람은 고양이처럼 생겼다고 하더라. 아름다운 요정이나 난쟁이 모습으로 나타나기도 하고, 어쨌든 자기 마음대로 변한대. 하지만 진짜 오즈가 누구인지, 어떤 모습인지는 아무도 몰라."

아저씨는 생각에 잠긴 얼굴로 말했다.

"정말 이상하네요. 그래도 어떻게든 오즈를 만나야 해요. 그렇지 않으면 우리 여행은 헛수고가 돼요."

도로시가 말했다.

"왜 그 무시무시한 오즈를 만나려고 하니?"

"뇌를 얻으려고요."

허수아비가 간절한 목소리로 대답했다.

"아, 그런 건 오즈에게 쉬운 일일 거야. 자기한테 필요한 것보다 많은 뇌를 갖고 있을걸!"

"저는 심장을 달라고 할 거예요."

양철 나무꾼이 말했다.

"그것도 어려운 일이 아닐 거다. 오즈는 크기와 모양이 다양한 심장을 잔뜩 모아놓고 있으니까."

"저는 용기를 얻고 싶어요."

겁쟁이 사자가 말했다.

"오즈는 접견실 안에 용기가 담긴 큰 항아리를 두었는데, 용기가 넘쳐흐르지 못하도록 금 접시로 덮어놓았지. 기꺼이 용기를 나눠 줄 거야."

"저는 캔자스로 돌아가게 해달라고 할 거예요."

끝으로 도로시가 말했다.

"캔자스가 어디지?"

아저씨가 놀라며 물었다.

"모르겠어요. 하지만 그곳이 제 고향이에요. 분명 어딘가 있을 거예요."

도로시가 우울한 목소리로 대답했다.

"당연히 그럴 게다. 아무튼 오즈는 무슨 일이든 할 수 있으니 캔자스도 찾아줄 거야. 하지만 그러려면 먼저 오즈를 만나야 할 텐데, 그게 어렵겠구나. 그 위대한 마법사는 사람 만나는 것을 좋아하지 않고, 보통 자기 내키는 대로 하니까. 그런데 넌 뭘 원하니?"

아저씨가 토토에게 물었다. 그러나 말을 하지 못하는 토토는 그저 꼬리만 흔들 뿐이었다.

저녁 준비가 다 되었다며 아줌마가 부르자, 모두 식탁으로 가 둘러앉았다. 도로시는 맛있는 귀리죽과 달걀볶음 한 접시와 잘 구워진 빵을 배불리 먹었다. 사자는 귀리죽을 조금 먹긴 했지만, 귀리는 사자가 아니라 말이 먹는 음식이라며 투덜댔다. 허수아비와 양철 나무꾼은 아무것도 먹지 않았다. 토토는 모든 음식을 조금씩 맛보며, 이렇게 맛있는 음식을 다시 먹게 되어 기뻐했다.

주인 아줌마가 도로시의 잠자리를 마련해주었고, 토토도 도로시 옆에 누웠다. 사자는 도로시가 곤히 잘 수 있도록 방문 앞을 지켰다. 원래 잠을 자지 않는 허수아비와 양철 나무꾼은 구석에 밤새도록 조용히 서 있었다.

이튿날 아침, 해가 뜨자마자 도로시와 친구들은 다시 길을 떠났다. 얼마 안 가서 하늘 저편에 아름다운 초록색 빛이 보였다.

"저기가 에메랄드 시일 거야."

"The Lion ate some of the porridge."

도로시가 말했다.

가까이 다가갈수록 초록빛은 점점 더 밝게 빛났다. 마침내 여행의 막바지에 다다른 기분이었다. 그러나 일행은 오후가 되어서야 에메랄드 시를 둘러싸고 있는 거대한 성벽에 도착했다. 밝은 초록색 성벽은 높고 두꺼웠다.

노란 벽돌 길이 끝나는 지점에 이르자 눈앞에 커다란 문이 나타났다. 문에 가득 박혀 있는 에메랄드가 햇살을 받아 눈부시게 반짝여서, 눈을 그려 만든 허수아비마저 제대로 눈뜰 수 없을 정도였다.

문 옆에는 초인종이 있었다. 도로시가 버튼을 누르자 안에서 은 방울 소리가 들려왔다. 곧 커다란 문이 천천히 열렸고, 안으로 들어서니 천장이 높고 둥근 방이 나왔다. 벽은 온통 에메랄드가 박혀 빛나고 있었다.

앞에는 먼치킨만큼이나 키 작은 남자가 서 있었다. 남자는 머리에서 발끝까지 모두 초록색 차림에 피부조차 초록빛이었다. 남자 옆으로 커다란 초록색 상자가 놓여 있었다.

도로시와 친구들을 본 남자가 물었다.

"에메랄드 시에는 무슨 일로 왔지?"

"위대한 마법사 오즈를 만나러 왔어요."

도로시가 대답했다. 그러자 남자가 깜짝 놀라며 의자에 앉더니 생각에 잠겼다.

"오즈 님을 만나게 해달라는 부탁도 꽤 오랜만이구나."

남자는 난처한 듯 고개를 저으면서 말을 이었다.

"오즈 님은 힘세고 무서운 분이야. 어리석고 쓸데없는 용건으로 위대한 마법사의 현명한 통찰을 방해했다가는 화가 나서 너희를 그 자리에서 당장 없애버릴지도 몰라."

"우리는 어리석고 쓸데없는 일 때문에 온 게 아니에요. 중요한 일이라고요. 게다가 오즈 님은 착한 마법사라고 하던걸요."

허수아비가 말했다.

"맞아. 그리고 에메랄드 시를 현명하게 잘 다스리시지. 하지만 정직하지 않거나 호기심으로 접근하는 사람에게는 아주 무서운 존재로 변한단다. 그래서 감히 오즈 님을 만나게 해달라는 사람은 거의 없었어. 나는 문지기이고, 너희들이 오즈 님을 만나고 싶다니 궁궐로 데려가야 할 의무가 있어. 하지만 먼저 안경부터 써야 해."

"왜요?"

도로시가 물었다.

"안경을 쓰지 않으면 에메랄드 시가 내뿜는 찬란한 빛에 눈이 멀어버리거든. 이곳에 사는 사람들도 밤낮으로 안경을 써. 안경은 벗을 수 없도록 자물쇠로 채워져 있어. 맨 처음 에메랄드 시가 세워졌을 때 오즈 님이 그렇게 명했어. 오직 나에게만 그 열쇠가 있지."

문지기는 커다란 상자를 열었다. 상자 안에는 온갖 크기와 모양의 안경이 가득 차 있었는데, 안경알은 모두 초록색이었다. 문지기는 도로시에게 맞을 만한 안경을 찾아 씌워주었다. 그리고 안경에 달린 금색 띠 두 개를 도로시의 머리 뒤쪽으로 잡아당겨서, 자기의 사슬 목걸이에 매달린 작은 열쇠로 잠갔다. 한번 안경을 쓰면 벗고 싶어도 마음대로 벗을 수 없었다. 하지만 도로시는 에메랄드 시의 빛에 눈이 멀고 싶지는 않았기 때문에 아무 말도 하지 않았다.

이어서 문지기는 허수아비와 양철 나무꾼과 사자, 그리고 강아지 토토까지 안경을 씌우고 모두 열쇠로 잠갔다.

그리고 문지기 자신도 안경을 쓴 다음, 도로시와 친구들에게 이제 오즈의 궁전을 보여줄 준비가 되었다고 말했다. 문지기는 벽에 걸린 커다란 황금 열쇠를 빼내어 또 다른 문을 열었다. 일행은 문지기를 따라 문을 통과하여 에메랄드 시의 거리로 들어섰다.

...aco g.in. d. Sig.i Falleri..

Chapter 11

오즈가 사는 멋진 에메랄드 시

The Wonderful Emerald City of OZ

도로시와 친구들은 초록색 안경을 쓰고도 에메랄드 시가 하도 눈부셔서 한동안은 정신을 차릴 수가 없었다. 초록색 대리석으로 지은 집들이 온통 에메랄드로 반짝이며 아름답게 줄지어 서 있었다. 거리에도 똑같은 대리석이 깔려 있고, 대리석 블록은 촘촘히 박힌 에메랄드로 연결되어 있었다. 유리창도 초록색이었고, 심지어는 도시의 하늘도 옅은 초록빛을 띠고 있었으며, 햇살 역시도 초록색이었다.

거리에는 남자, 여자, 그리고 아이들이 많았는데 모두 초록색 옷에 피부도 푸르스름했다. 사람들은 생김새와 차림이 기묘한 도로시 일행을 신기한 듯 쳐다보았고, 아이들은 사자를 피해서 엄마 뒤에 숨었다. 말을 건네는 사람은 아무도 없었다. 거리에는 가게도 많

았다. 도로시가 자세히 들여다보니 가게 안의 물건도 온통 초록색이었다. 신발과 모자, 온갖 종류의 옷은 물론 사탕과 팝콘까지 초록색이었다. 한 남자가 파는 레모네이드도 초록색, 아이들이 레모네이드를 사면서 건네는 동전도 초록색이었다.

말이나 개 같은 동물은 전혀 보이지 않았다. 사람들은 작은 초록색 손수레에 물건을 싣고 뒤에서 밀면서 다녔다. 모두 행복해 보였으며, 만족스럽고 풍요로운 듯했다.

문지기는 도로시 일행을 데리고 거리를 지나 도시 한가운데에 있는 커다란 건물 앞에 다다랐다. 그곳은 위대한 마법사 오즈의 궁전이었다. 궁전 문 앞에는 초록색 제복을 입고 초록색 턱수염을 길게 기른 병사가 서 있었다.

"손님들이다. 오즈 님을 만나고 싶어 한다."

문지기가 병사에게 말했다.

"안으로 들어오십시오. 오즈 님께 말씀을 전하겠습니다."

도로시와 친구들은 궁전 문을 지나서 커다란 방으로 안내되었다. 초록색 양탄자가 깔려 있고, 초록색 가구들이 에메랄드로 치장되어 있었다. 병사는 방에 들어가기 전, 모두 초록색 깔개 위에서 신발을 깨끗이 털게 했다. 도로시와 친구들이 자

wipe their feet upon a green mat before entering this room, and when they were seated he said, politely,

"Please make yourselves comfortable while I go to the door of the Throne Room and tell Oz you are here."

They had to wait a long time before the soldier returned. When, at last, he came back, Dorothy asked,

"Have you seen Oz?"

"Oh, no;" returned the soldier; "I have never seen him. But I spoke to him as he sat behind his screen, and gave him your message. He says he will grant you an audience, if you so desire; but each one of you must enter his presence alone, and he will admit but one each day. Therefore, as you must remain in the Palace for several days, I will have you shown to rooms where you may rest in comfort after your journey."

"Thank you," replied the girl; "that is very kind of Oz."

The soldier now blew upon a green whistle, and at once a young girl, dressed in a pretty green silk gown, entered the

리를 잡고 앉았을 때, 병사가 정중하게 말했다.

"오즈 님께 여러분이 오셨다는 말씀을 전할 테니, 이곳에서 편히 쉬면서 기다리십시오."

오랜 시간을 기다린 후에야 병사가 돌아왔다. 도로시가 병사에게 물었다.

"오즈 님을 만나셨어요?"

"아, 아닙니다. 저는 오즈 님을 뵌 적이 한 번도 없습니다. 늘 그렇듯이 오즈 님은 휘장 뒤에 앉아 계시고 저는 그 앞에 가서 말씀을 전했습니다. 여러분이 정말로 원한다면 만나주시겠다고 합니다. 하지만 하루에 한 사람씩만 따로 만나시겠답니다. 그러니 며칠 동안 궁전에 머무르셔야겠지요. 긴 여행을 하셨으니, 이제 편히 쉴 수 있는 방으로 안내하겠습니다."

"고맙습니다. 오즈 님은 매우 친절하시군요."

도로시가 대답했다.

병사가 초록색 호루라기를 불자 곧 예쁜 초록색 비단 원피스를 입은 하녀가 방으로 들어왔다. 초록색 머릿결에 초록색 눈동자의 아름다운 아가씨였다. 하녀는 도로시에게 허리 굽혀 인사하더니 말했다.

"저를 따라오세요. 방으로 안내해드릴게요."

도로시는 친구들과 작별 인사를 나누고, 토토를 품에 안은 채 초

록 하녀를 따라갔다. 복도를 일곱 군데 지나
고 층계를 세 번 오른 뒤, 마침내 궁전의 앞
쪽에 자리 잡은 방에 이르렀다. 그토록 귀
엽고 아담한 방은 이 세상 다른 곳에는
있을 것 같지 않았다. 방에 놓인 푹
신하고 편안해 보이는 침대에는

초록색 비단 홑이불과 초록색 벨벳 담요가 덮여 있었다. 작은 분수가 방 한가운데에 있었고, 초록색 향수를 공중에 뿜어냈다가 우아한 무늬의 초록색 대리석 수반으로 떨어졌다. 창가에는 예쁜 초록색 꽃 화분이 있고, 초록색의 작은 책들이 선반 위에 한 줄로 놓여 있었다. 도로시가 책을 펼쳐보니 특이한 초록색 그림이 잔뜩 그려져 있었다. 모두 웃음이 절로 나오는 그림이었다.

옷장 안에는 비단과 벨벳으로 만든 초록색 옷이 가득 차 있었다. 전부 도로시의 몸에 꼭 맞았다.

"집처럼 편하게 지내세요. 필요한 게 있으면 종을 울리시고요. 오즈 마법사님이 내일 아침에 사람을 보내실 거예요."

초록 하녀가 말했다.

하녀는 돌아가서 나머지 일행에게도 방을 안내했다. 모두 궁전 안의 매우 깔끔하고 편안한 방에서 묵게 되었다. 물론 허수아비에게는 아무리 훌륭한 방을 제공한들 부질없는 일이기는 했다. 방에 혼자 남게 된 허수아비는 문 바로 앞에 아침까지 멍하니 서 있었다. 눕는다고 해서 쉬는 것도 아니고, 눈을 감을 수도 없기 때문이다. 그 훌륭한 방에서도 허수아비는 방 귀퉁이에 거미줄을 치는 작은 거미를 밤새도록 지켜볼 따름이었다. 양철 나무꾼은 습관처럼 침대에 누웠다. 피와 살로 이루어진 사람이던 시절을 기억하고 있었기 때문이다. 하지만 잠을 잘 수는 없어서, 밤새도록 팔다리를 움직이며 관절에 문제가 없는지 살폈다. 사자는 방에 갇혀 있기보다는 숲 속의 낙엽 쌓인 잠자리가 그리웠다. 하지만 그리 하지 못하는 게 속상할 만큼 어리석지는 않았으므로, 침대 위로 올라가 고양이처럼 몸을 둥그렇게 말고는 금세 코를 골며 잠이 들었다.

다음 날 아침, 식사를 끝내자 초록 하녀가 도로시를 데리러 와서 가장 예쁜 옷을 입혀주었다. 새틴 장식이 달린 초록색 원피스였다.

도로시는 그 옷 위에 초록색 비단 앞치마를 둘렀고, 토토의 목에 초록색 리본을 달아주었다. 그리고 둘은 마법사 오즈가 있는 접견실로 향했다.

도로시와 토토는 호화로운 옷차림을 한 귀족 부인과 신사들이 모여 있는 넓은 방으로 안내되었다. 그들은 서로 잡담을 나누는 일 말고는 하는 일이 없었지만, 매일 아침 접견실 앞에 와서 기다렸다. 물론 오즈는 절대 만나주지 않았다. 도로시가 방으로 들어가자 사람들은 호기심에 찬 눈으로 바라보았다. 그중 한 사람이 도로시에게 속삭이듯 물었다.

"저 무시무시한 오즈 님을 정말로 볼 작정이니?"

"물론이죠. 오즈 님이 저를 만나주신다면요."

그러자 오즈에게 도로시의 이야기를 전달했던 병사가 말했다.

"아, 만나주실 겁니다. 만나달라는 청을 좋아하시지는 않지만요. 어제도 처음에는 화를 내시면서 돌려보내라고 하셨어요. 그런데 아가씨가 어떻게 생겼는지 물으셔서 아가씨의 은 구두 이야기를 했는데, 매우 관심을 보이셨습니다. 그리고 아가씨 이마에 있는 입맞춤 자국을 설명했더니 만나보겠다고 하셨지요."

바로 그때 종이 울렸다. 하녀가 도로시에게 말했다.

"신호가 왔어요. 아가씨 혼자 들어가야 합니다."

하녀가 작은 문을 열었고, 도로시는 당당하게 접견실 안으로 들어가 그 특별한 장소에 홀로 남았다. 아치형 천장의 둥글고 큰 방이었다. 벽과 천장, 바닥에는 커다란 에메랄드가 촘촘히 박혀 있었다. 높은 천장의 한가운데에는 태양처럼 밝게 빛나는 웅장한 조명등이 있어서, 수많은 에메랄드가 그 빛을 받아 아름답게 반짝였다.

그러나 도로시에게 가장 흥미로웠던 것은 방 한가운데 놓인 커다란 초록색 대리석 왕좌였다. 모양은 의자처럼 생겼으며, 다른 것과 마찬가지로 에메랄드로 장식되어 반짝이고 있었다. 의자의 가운데에는 거대한 머리가 놓여 있었는데, 그것을 지탱할 몸통이나 팔다리는 보이지 않았다. 머리카락은 없지만 눈, 코, 입은 있었다. 크기는 세상에서 가장 큰 거인의 머리보다도 클 것 같았다.

놀란 도로시가 두려운 마음으로 그 머리를 뚫어져라 쳐다보았다. 그러자 눈이 천천히 움직이더니 도로시를 한동안 날카롭게 지켜보았다. 이윽고 입이 움직이면서 목소리가 들려왔다.

"나는 위대하고도 무시무시한 마법사 오즈다. 너는 누구이고, 나를 찾아온 이유가 무엇이냐?"

커다란 머리처럼 그렇게 끔찍한 목소리는 아니었다. 그래서 도로시는 용기를 내어 대답했다.

"저는 도로시예요. 힘없고 온순하죠. 오즈 님께 도움을 요청하러 왔어요."

머리에 달린 눈이 생각에 잠긴 듯 도로시를 한참 바라보았다. 그

"The Eyes looked at her thoughtfully."

러더니 다시 목소리가 들려왔다.

"은 구두는 어디서 났지?"

"저희 집이 동쪽의 못된 마녀 머리 위에 떨어져서 마녀가 죽었어요. 그래서 제가 은 구두를 신게 되었어요."

"이마의 자국은 어떻게 생긴 거지?"

"북쪽의 착한 마녀가 저를 오즈 님께 보내면서 작별 인사로 입맞춤을 해준 거예요."

또다시 머리에 달린 눈이 도로시를 날카롭게 쳐다보았고, 곧 도로시의 말이 진실임을 알아차린 것 같았다.

"내가 무엇을 해주길 바라느냐?"

"저를 캔자스로 보내주세요. 엠 아줌마와 헨리 아저씨가 사는 곳으로요. 이곳이 아무리 아름다워도 저는 당신들의 나라에 살고 싶지 않아요. 게다가 너무 오랫동안 집을 떠나 있어서 엠 아줌마가 몹시 걱정하고 있을 게 틀림없어요."

도로시가 간절하게 부탁했다.

머리에 달린 눈이 세 번 깜박거리더니 천장을 올려다보고 또 바닥을 내려다보았다. 그리고 방 안을 샅샅이 살피기라도 하듯 이리저리 눈을 굴렸다. 마침내 눈은 다시 도로시를 향했다.

"내가 왜 너를 위해 그래야 하지?"

"오즈 님은 강하고 저는 약하니까요. 당신은 위대한 마법사이고 저는 아무 힘도 없는 어린아이니까요."

"하지만 너는 동쪽의 못된 마녀를 죽일 정도로 강하지 않느냐?"

"그건 우연이었어요. 저도 어쩔 수 없었어요."

도로시가 솔직하게 대답했다.

"그럼 너에게 해답을 주마. 네가 먼저 나를 위해 어떤 일을 해야 내가 보답해줄 것이다. 그 전에는 내가 너를 캔자스로 보내줄 거라는 기대를 버려야 할 거야. 이 나라에서는 누구든 자기가 원하는 것을 얻으려면 반드시 그 대가를 치러야 해. 내 마법의 힘으로 집에 돌아가고 싶다면 우선 네가 나를 위해 무언가를 해야만 한다. 나를 도와주면, 내가 너를 돕는 거지."

"제가 무엇을 해야 하죠?"

"서쪽의 못된 마녀를 죽이고 오거라."

"그런 건 할 수 없어요!"

도로시가 깜짝 놀라 소리쳤다.

"너는 이미 동쪽 마녀를 죽였다. 게다가 강력한 마법의 힘을 지닌 은 구두를 신고 있어. 이제 이 나라에는 못된 마녀가 하나밖에 남지 않았지. 그 마녀를 죽이고 오면 너를 캔자스로 보내주마. 하지만 그 전에는 안 된다."

도로시는 너무 실망한 나머지 눈물을 흘리기 시작했다. 그러자 머리에 달린 눈이 깜박이더니 도로시를 불안하게 지켜보았다. 마법사 오즈는 도로시가 마음만 먹으면 자신을 도울 수 있다고 생각하는 것 같았다.

"저는 일부러 뭔가를 죽인 적이 한 번도 없어요. 그리고 제가 그러고 싶다고 해도 저처럼 어린애가 어떻게 못된 마녀를 죽이겠어요? 위대하고 무시무시한 당신도 마녀를 죽일 수 없는데, 어떻게 저한테 그런 걸 기대하나요?"

도로시는 흐느끼며 말했다.

"나도 잘 모르겠다. 하지만 이게 나의 대답이야. 못된 마녀가 죽어야 너는 아저씨와 아줌마를 다시 만나게 될 거다. 그 사악한 마녀를 반드시 처치해야 한다는 것을 기억해. 이제 가거라. 네 임무를 완수하기 전에는 나를 만나려 하지 마라."

도로시는 슬픔에 잠긴 채 접견실을 나와 사자와 허수아비와 양철 나무꾼이 있는 곳으로 돌아왔다. 모두 오즈가 무슨 말을 했는지 궁금해하며 기다리고 있었다.

"이제 나에게는 아무런 희망도 없어. 내가 서쪽의 못된 마녀를 죽이기 전에는 집으로 보내줄 수 없대. 하지만 나한테는 그럴 힘이 없잖아."

도로시가 우울한 목소리로 말했다.

친구들은 안타까웠지만 마땅히 도울 방법이 없었다. 도로시는 자기 방으로 돌아가 침대에 누워 울다가 잠이 들었다.

다음 날 아침, 초록색 구레나룻을 기른 병사가 허수아비를 찾아와 말했다.

"저와 함께 가시죠. 오즈 님이 보내셨습니다."

허수아비는 병사를 따라갔고, 으리으리한 접견실로 안내되었다. 그곳에는 아름다운 귀부인이 에메랄드 왕좌에 앉아 있었다. 엷은 초록색의 비단 드레스를 입고, 물결치듯 윤기 나는 초록색 머리 위에 보석 박힌 왕관을 쓰고 있었다. 어깨에는 영롱한 빛깔의 날개가 돋아나 있었는데, 너무나 얇아서 아주 미세한 공기의 움직임에도 파르르 떨렸다.

허수아비는 아름다운 귀부인에게 밀짚으로 채워진 몸으로 할 수 있는 한 가장 예의 바르게 인사를 했다. 귀부인은 온화한 표정으로 허수아비를 바라보면서 말했다.

"나는 위대하고도 무시무시한 마법사 오즈다. 너는 누구이고, 나를 찾아온 이유가 무엇이냐?"

도로시가 말해준 거대한 머리를 보게 될 거라 생각했던 허수아비는 놀라서 어찌할 바를 몰랐다. 하지만 용기를 내어 대답했다.

"저는 밀짚으로 만들어진 허수아비일 따름입니다. 그래서 저에게는 뇌가 없어요. 제 머리에 밀짚 대신 뇌를 넣어달라는 부탁을 드리러 왔습니다. 오즈 님이 다스리는 이 나라의 다른 사람들처럼 말이에요."

"내가 왜 너를 위해 그래야 하지?"

"오즈 님은 현명하고 힘이 세니까요. 다른 누구도 저를 도와줄 수 없어요."

"난 보답 없이는 호의를 베풀지 않는다. 하지만 이 정도는 약속할 수 있지. 네가 나를 위해 서쪽의 못된 마녀를 없애준다면 너에게 매우 많은 뇌를 주겠다. 이 나라에서 가장 현명해질 만큼 훌륭한 뇌를 말이다."

"도로시에게 서쪽 마녀를 처치해달라고 하신 줄 알았는데요."

놀란 허수아비가 말했다.

"물론 그랬지. 누가 없애든 상관없다. 하지만 서쪽 마녀가 죽지 않으면 네 소원을 들어줄 수 없다. 이제 가라. 네가 간절히 원하는 뇌를 얻을 수 있게 되기 전에는 다시 찾아오지 마라."

허수아비는 슬픔에 잠긴 채 친구들에게 돌아와 오즈가 한 말을 전했다. 도로시는 마법사 오즈가 자기가 본 커다란 머리가 아니라 아름다운 귀부인이라는 말에 깜짝 놀랐다.

"머리든 귀부인이든 마찬가지야. 어쩌나 매정한지 양철 나무꾼처럼 심장이 없는 사람 같아."

허수아비가 말했다.

다음 날 아침, 초록색 구레나룻의 병사가 양철 나무꾼을 찾아와서 말했다.

"저와 함께 가시죠. 오즈 님이 보내셨습니다."

양철 나무꾼은 병사를 따라갔고, 으리으리한 접견실로 안내되었다. 양철 나무꾼은 오즈가 아름다운 귀부인일지 커다란 머리일지 알 수 없었지만, 그래도 아름다운 귀부인이기를 바랐다.

"오즈가 커다란 머리라면 나는 틀림없이 심장을 얻지 못할 거야. 머리는 심장이 없으니 내 기분을 모를 테니까. 하지만 아름다운 귀부인이라면 심장을 달라고 간절히 매달려야지. 여자들은 따뜻한 심장을 가졌다고들 하잖아."

양철 나무꾼은 혼잣말을 했다.

하지만 방에 들어갔을 때 보게 된 것은 커다란 머리도 귀부인도 아니었다. 오즈는 매우 사나운 괴물의 모습을 하고 있었다. 덩치가

코끼리처럼 커서 초록색 왕좌가 그 무게를 견디지 못할 것처럼 보였다. 코뿔소처럼 생긴 머리에는 눈이 다섯 개였다. 다섯 개의 긴 팔이 몸뚱이에서 뻗어 있었고, 가느다란 다리 역시 다섯 개였다. 온몸에는 구불구불하고 굵은 털이 덮여 있었다. 그보다 더 흉측한 모습은 상상할 수 없을 정도였다. 그 순간에는 양철 나무꾼에게 심장이 없는 것이 다행한 일이었다. 두려움에 심장이 터질 지경이었을 테니 말이다. 하지만 그저 양철 덩어리인 나무꾼은 몹시 실망하긴 했지만 두렵지는 않았다.

"나는 위대하고도 무시무시한 마법사 오즈다. 너는 누구이고, 나를 찾아온 이유가 무엇이냐?"

괴물은 으르렁거리듯이 큰 소리로 말했다.

"저는 양철로 만들어진 나무꾼이에요. 전 심장이 없어서 사랑을 할 수 없어요. 저도 다른 사람들처럼 될 수 있도록 오즈 님께 심장을 달라고 청하러 왔습니다."

"내가 왜 너를 위해 그래야 하지?"

"제가 부탁하니까요. 그리고 오직 당신만이 제 소원을 들어줄 수 있으니까요."

오즈는 낮은 신음 소리를 내더니 무뚝뚝하게 말했다.

"심장을 갖고 싶다면 값을 치러야 한다."

"어떻게요?"

"도로시가 서쪽의 못된 마녀를 없애는 것을 도와주면 된다. 마녀가 죽으면 나에게 오너라. 그러면 내가 너에게 이 나라에서 가장 크고, 친절하고, 사랑이 가득한 심장을 주마."

양철 나무꾼은 슬픔에 잠겨 친구들에게 돌아가 자기가 본 사납고 흉측한 괴물을 이야기했다. 도로시와 친구들은 오즈가 그렇게 여러 가지 모습으로 변한다는 사실에 매우 놀랐다. 사자가 말했다.

"내가 갔을 때도 오즈가 괴물이라면 있는 힘껏 어흥 하고 소리 내겠어. 겁에 질려 내 부탁을 다 들어주게 말이야. 만약 아름다운 귀부인이라면 덤벼드는 척할 거야. 그래서 내 요청을 수락하게 하는 거지. 그리고 커다란 머리라면 나한테 애걸복걸하게 만들 거야. 우리가 원하는 걸 모두 들어준다고 약속할 때까지 머리통을 방 안 이리저리 굴리고 다닐 테니까. 그러니 친구들, 모두 기운 내. 다 잘 될 거야."

다음 날 아침, 초록색 구레나룻의 병사가 와서 사자를 접견실로 안내했다. 그리고 오즈 앞으로 들여보냈다.

사자가 단숨에 안으로 들어가 주위를 둘러보니 놀랍게도 왕좌 앞에 불덩이가 타오르고 있었다. 얼마나 맹렬하게 이글거리던지 똑바로 바라보기가 어려울 정도였다. 사자는 사고로 오즈의 몸에 불이 붙어 활활 타고 있다고 생각했다. 그래서 가까이 다가가려다 불덩이가 내뿜는 열이 너무 뜨거워서 수염을 그을렸다. 사자는 몸

을 떨면서 문 옆으로 슬금슬금 물러났다.

그때 불덩이에서 낮고 조용한 목소리가 흘러나왔다.

"나는 위대하고도 무시무시한 마법사 오즈다. 너는 누구이고, 나를 찾아온 이유가 무엇이냐?"

"저는 겁쟁이 사자입니다. 모든 것을 무서워해요. 그래서 오즈님께 용기를 달라고 청하러 왔어요. 제가 동물의 왕이라고 불리는 게 부끄럽지 않게요."

"내가 왜 너에게 용기를 줘야만 하지?"

"모든 마법사 가운데 가장 위대한 분이니까요. 당신만이 제 부탁을 들어줄 힘을 가지셨잖아요."

불덩이는 얼마간 맹렬하게 타오르더니 목소리가 흘러나왔다.

"서쪽의 못된 마녀가 죽었다는 증거를 가져와라. 그 즉시 내가 너에게 용기를 주겠다. 하지만 마녀가 살아 있는 한 너는 평생 겁쟁이로 살게 될 거다."

사자는 화가 났지만 뭐라 대꾸할 말이 없었다. 그래서 잠자코 불덩이만 노려보았다. 하지만 불덩이가 점점 더 뜨거워지는 바람에 꽁무니를 빼며 방에서 나오고 말았다. 사자는 기다리고 있던 친구들을 보고 반가워하며 오즈와의 무시무시한 만남을 이야기했다.

"이제 어떻게 하지?"

도로시가 우울한 목소리로 말했다.

"할 수 있는 일은 하나밖에 없어. 윙키들의 나라로 가서 못된 마녀를 찾아내는 거야. 그리고 없애버려야지."

사자가 대답했다.

"하지만 죽이지 못한다면?"

도로시가 물었다.

"나는 영원히 용기를 갖지 못하겠지."

사자가 단호하게 말했다.

"나는 뇌를 갖지 못할 거고."

허수아비가 거들었다.

"나는 심장을 갖지 못할 테지."

양철 나무꾼이 덧붙였다.

"그럼 나는 영원히 엠 아줌마와 헨리 아저씨에게 돌아가지 못하는구나."

도로시가 훌쩍훌쩍 울면서 말했다.

"조심하세요! 비단옷에 눈물이 떨어지면 얼룩이 생겨요."

초록 하녀가 외쳤다. 그 말에 도로시가 눈물을 닦으며 말했다.

"해보는 수밖에. 하지만 엠 아줌마를 다시 볼 수 있다고 해도 누구를 죽이는 일은 정말 하고 싶지 않아."

"내가 함께 갈게. 하지만 나는 너무 겁이 많아서 마녀를 죽이지는 못할 거야."

사자가 말했다.

"나도 갈게. 하지만 별로 도움이 되지 못할 거야. 난 바보잖아."

허수아비가 결심한 듯 말했다.

"난 아무리 못된 마녀라고 해도 죽일 마음은 없지만, 너희가 가면 나도 당연히 가야지."

양철 나무꾼이 말했다.

도로시와 친구들은 다음 날 아침이 오면 출발하기로 했다. 양철 나무꾼은 초록색 숫돌에 도끼날을 갈고 몸의 관절마다 기름칠을 해두었다. 허수아비는 새 밀짚을 몸에 채웠고, 더 잘 볼 수 있도록 도로시가 눈을 새로 그려주었다. 초록 하녀는 친절하게도 도로시의 바구니에 먹을 것을 가득 채우고, 토토의 목에 두른 초록색 리본에 작은 방울을 매달아주었다.

모두 일찌감치 잠자리에 들어서는 날이 밝을 때까지 푹 잤다. 그리고 궁전 뒤뜰에 사는 초록색 수탉이 꼬끼오 울고, 암탉이 초록색 알을 낳았다고 꼬꼬댁거릴 때 잠에서 깨어났다.

Chapter 12

못된 마녀를 찾아서

The Search for the Wicked Witch

초록색 구레나룻의 병사가 도로시와 친구들을 안내해서 에메랄드 시의 거리를 지나 문지기가 사는 방까지 데려갔다. 문지기는 일행이 쓰고 있던 안경을 벗겨서 커다란 상자에 다시 집어넣었다. 그리고 정중하게 성문을 열어주었다.

"서쪽의 못된 마녀에게 가려면 어느 길로 가야 하죠?"

도로시가 물었다.

"길은 없어. 아무도 그쪽으로 가려 하지 않으니까."

문지기가 대답했다.

"그럼 어떻게 마녀를 찾아야 하나요?"

"마녀를 찾기는 쉬울 거야. 윙키들의 나라에 도착하는 순간, 마녀가 너희들을 찾아낼 테니까. 아마도 노예로 삼겠지."

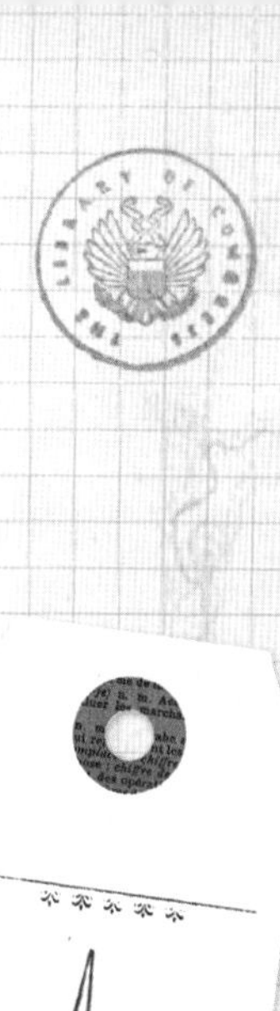

"그럴 수는 없을 거예요. 우리가 마녀를 처치해버릴 테니까요."

허수아비가 말했다.

"아, 그렇다면 얘기가 다르지. 이제껏 아무도 그 마녀를 없애지 못했으니 난 당연히 마녀가 너희들도 다른 사람들처럼 노예로 만들 거라고 생각했거든. 하지만 조심해야 해. 서쪽 마녀는 매우 사악하고 지독해서 쉽게 없애지는 못할 테니까. 해가 지는 서쪽으로 계속 가면 마녀를 만날 수 있을 거다."

도로시와 친구들은 문지기에게 고마워하면서 작별 인사를 했다. 그리고 서쪽으로 방향을 잡고, 데이지와 미나리아재비가 여기저기 피어 있는 들판을 걸어갔다. 도로시는 궁전에서 갈아입은 예쁜 비단옷을 아직 입고 있었는데, 놀랍게도 그 옷은 어느새 초록색이 아니라 깨끗한 하얀색으로 바뀌어 있었다. 토토의 목에 맨 리본도 초록색은 감쪽같이 사라지고 도로시의 옷처럼 하얗게 변해 있었다.

에메랄드 시는 곧 멀어졌다. 앞으로 나아갈수록 길은 험해지고 언덕이 많았다.

서쪽 나라에는 농장도, 집도 없고 버려진 땅뿐이었다.

그늘을 드리워주는 나무가 없어서 오후가 되자 뜨거운 햇살이 얼굴에 곧장 내리쬐었다. 도로시와 토토와 사자는 밤이 되기도 전에 기운이 다 빠져서 풀밭에 누워 잠이 들었다. 양철 나무꾼과 허수아비가 그 곁을 지켰다.

서쪽의 못된 마녀는 눈이 하나밖에 없었지만 망원경처럼 어디나 훤히 볼 수 있었다. 마녀는 성문 앞에 앉아서 사방을 둘러보다가 도로시와 친구들이 풀밭에 있는 것을 발견했다. 멀리 떨어진 곳이긴 해도 자기 나라에 함부로 들어왔다는 사실에 못된 마녀는 화가 났다. 그래서 목에 걸고 있던 은 호루라기를 힘껏 불었다.

호루라기 소리를 듣고 늑대들이 금세 떼를 지어 나타났다. 긴 다리에 이빨이 날카롭고 눈빛이 사나웠다.

"당장 풀밭에서 자는 저놈들에게 달려가 갈기갈기 찢어버려라."

마녀가 명령했다.

"노예로 만들지 않으시고요?"

늑대들의 우두머리가 물었다.

"그렇다. 한 놈은 양철로, 다른 놈은 밀짚으로 만들어졌으니까. 또 하나는 어린애고, 다른 놈은 사자야. 일 시킬 만한 놈이 없어. 그러니 갈가리 찢어버려라."

"잘 알겠습니다."

대장 늑대가 대답했다. 그리고 부하들을 끌고 앞장서서 도로시 일행을 향해 최대한 빠른 속도로 달려갔다.

다행히도 허수아비와 양철 나무꾼이 정신을 바짝 차리고 망을 보고 있다가 늑대들이 오는 소리를 들었다.

"나에게 맡겨. 내가 늑대들과 싸울 테니 모두 내 뒤에 숨어 있어."

양철 나무꾼이 이렇게 말한 뒤, 날카롭게 날을 갈아둔 도끼를 꽉 붙잡았다. 그리고 대장 늑대가 다가오자 힘껏 휘둘러 머리를 베어 두 동강 내버렸다. 대장 늑대는 그 자리에서 죽어버렸다. 이어서 또 다른 늑대가 달려들었다. 그러나 역시 날카로운 도끼에 목숨을 잃

고 말았다. 늑대는 모두 마흔 마리였는데, 마흔 번 휘두른 도끼에 전부 죽었다. 양철 나무꾼 앞에 죽은 늑대 한 무더기가 쌓였다.

마침내 양철 나무꾼이 도끼를 내려놓고 허수아비 옆에 앉았다.

"잘 싸웠어, 친구."

허수아비가 말했다.

둘은 다음 날 아침 도로시가 잠에서 깨어나기를 기다렸다. 도로시는 털이 덥수룩한 늑대가 산더미처럼 쌓여 있는 광경에 깜짝 놀랐다. 그러자 양철 나무꾼이 어떻게 된 일인지 모두 이야기했다. 도로시는 목숨을 구해줘 고맙다고 인사한 뒤, 풀밭에 앉아 아침 식사를 했다. 그리고 다시 여행을 시작했다.

같은 날 아침, 못된 마녀가 성문 밖으로 나와 먼 곳까지 볼 수 있는 한쪽 눈으로 사방을 둘러보았다. 그러다 늑대가 몽땅 죽고 도로시 일행이 여전히 자기 땅에서 걷고 있는 것을 발견했다. 마녀는 전날보다 더 화가 나서 은 호루라기

를 두 번 힘껏 불었다.

곧바로 하늘이 캄캄해질 정도로 엄청난 숫자의 까마귀 떼가 마녀에게 날아왔다. 못된 마녀가 우두머리 까마귀에게 말했다.

"당장 저놈들에게 날아가서 눈알을 쪼아 먹고 온몸을 잘게 찢어 버려라."

까마귀들이 도로시와 친구들을 향해 떼를 지어 몰려갔다. 도로시는 까마귀 떼가 날아오는 모습을 보고 겁을 먹었다. 하지만 허수아비가 말했다.

"이건 나에게 맡겨. 내 옆에 엎드려 있으면 안전할 거야."

그래서 허수아비를 제외한 나머지 친구들은 땅에 엎드렸다. 허수아비는 일어서서 두 팔을 좌우로 길게 뻗었다. 으레 그렇듯이 까마귀들은 허수아비를 보더니 겁을 먹고 감히 가까이 날아오지 못했다. 그러자 우두머리 까마귀가 말했다.

"저건 그냥 밀짚으로 만들어진 허수아비다. 내가 가서 눈을 쪼아버릴 테니, 잘 봐."

우두머리 까마귀가 허수아비에게 날아가자 허수아비는 새의 머리를 붙잡고는 목을 비틀어 죽여버렸다. 또 다른 까마귀가 허수아비에게 날아갔지만 역시 목이 비틀려 죽었다. 마녀가 보낸 까마귀는 마흔 마리였고, 허수아비는 마흔 번 목을 비틀었다. 마침내 까마귀들이 모두 죽어서 허수아비의 발치에 수북이 쌓이자, 허수아비는 친구들에게 이제 일어나도 된다고 소리쳤다. 도로시와 친구들은 다시 길을 떠났다.

못된 마녀가 또 주위를 둘러보다가 한 무더기의 죽은 까마귀를 발견했다. 마녀는 엄청나게 화가 치밀어 은 호루라기를 세 번 힘껏 불었다.

그러자 어디선가 요란하게 붕붕거리는 소리가 들리더니 검은 벌 떼가 마녀를 향해 몰려왔다.

"가서 저놈들을 벌침으로 쏘아서 죽여버려!"

마녀가 명령하자 벌들은 방향을 돌려 도로시와 친구들이 있는 곳으로 쏜살같이 날아갔다. 하지만 양철 나무꾼이 벌들을 보았고, 허수아비는 어떻게 피해야 할지 방법을 생각해냈다.

"내 몸에서 짚을 꺼내서 도로시와 토토, 그리고 사자에게 덮어줘. 그러면 벌이 쏘지 못할 거야."

허수아비가 양철 나무꾼에게 말했다.

도로시가 토토를 안고 사자 옆에 바짝 붙어서 엎드리자, 양철 나무꾼이 밀짚으로 그 위를 빈틈없이 덮어주었다.

벌들이 날아와서 보니 그 자리에는 양철 나무꾼밖에 보이지 않았다. 그래서 나무꾼에게 덤벼들

었으나 양철에 부딪혀 벌침만 부러질 뿐, 나무꾼은 전혀 다치지 않았다. 벌은 침이 부러지면 살 수 없기 때문에 결국 모두 죽고 말았다. 양철 나무꾼 주위로 죽은 벌이 마치 석탄가루처럼 수북하게 쌓였다.

엎드려 있던 도로시와 사자가 일어났다. 도로시와 양철 나무꾼은 허수아비의 몸에 밀짚을 도로 넣어서 예전 모습을 되찾아주었다. 그리고 다시 여행길에 올랐다.

검은 벌이 죽어 석탄가루처럼 쌓인 모습을 보자 화가 머리끝까지 치민 마녀는, 발을 쿵쿵 구르면서 머리털을 쥐어뜯고 이를 갈았다. 그리고 자신의 노예인 윙키 열두 명을 불러서는 날카로운 창을 주면서 낯선 여행자들을 죽이고 오라고 명령했다.

윙키들은 그다지 용맹하지는 않았지만 마녀의 명령을 따라야만 했다. 그래서 도로시 일행이 있는 곳으로 쳐들어갔다. 이번에는 사자가 큰 소리로 울부짖으며 윙키들에게 달려들었다. 가엾은 윙키

들은 잔득 겁먹은 나머지 허겁지겁 달아났다.

윙키들이 성으로 돌아오자, 못된 마녀는 채찍을 휘둘러 때린 다음 원래 일하던 곳으로 돌려보냈다. 그리고 자리에 앉아 이제 어떻게 해야 할지 궁리하기 시작했다. 마녀는 도로시 일행을 죽이려는 자신의 계획이 왜 실패한 것인지 도무지 이해할 수가 없었다. 그러나 마녀는 심술궂기만 한 게 아니라 마법의 힘도 강했다. 그래서 곧 어떻게 행동해야 할지 마음을 정했다.

마녀의 찬장에는 다이아몬드와 루비가 한 줄로 빙 둘러 박힌 황금 모자가 있었다. 그 모자에는 마법의 힘이 깃들어 있어서, 그것을 가진 사람은 누구나 날개 달린 원숭이들을 세 번 불러내서 명령할 수 있었고, 원숭이들은 그것에 따라야 했다. 하지만 명령은 세 번까지만 내릴 수 있었다. 마녀는 모자가 가진 마법의 힘을 이미 두 번 사용한 상황이었다. 한 번은 윙키들의 나라를 빼앗아 그들을 노예로 삼을 때였는데, 날개 달린 원숭이들이 마녀를 도왔다. 두 번째는 마법사 오즈를 서쪽 나라에서 쫓아내려 싸웠을 때였다. 그때도 마녀는 날개 달린 원숭이들의 도움을 받았다. 이제 마녀가 황금 모자를 사용할 기회는 단 한 번 남았다. 그래서 마녀는 다른 마법의 힘을 다 쓰기 전까지는 모자를 사용하지 않으려 했다. 하지만 사나운 늑대와 거친 까마귀들과 침을 쏘는 벌들이 모두 죽어버렸고, 노예들은 모두 겁쟁이 사자를 무서워했기 때문에 도로시와 친구들을

greater than the Power of Evil. All we can do is to carry her to the castle of the Wicked Witch and leave her there."

So, carefully and gently, they lifted Dorothy in their arms and carried her swiftly through the air until they came to the castle, where they set her down upon the front door step. Then the leader said to the Witch,

"We have obeyed you as far as we were able. The Tin Woodman and the Scarecrow are destroyed, and the Lion is tied up in your yard. The little girl we dare not harm, nor the dog she carries in her arms. Your power over our band is now ended, and you will never see us again."

Then all the Winged Monkeys, with much laughing and chattering and noise, flew into the air and were soon out of sight.

The Wicked Witch was both surprised and worried when she saw the mark on Dorothy's forehead, for she

" The Monkeys wound many coils about his body."

처치할 방법은 오직 하나뿐이었다.

못된 마녀는 찬장에서 황금 모자를 꺼내 머리에 썼다. 그리고 왼발로 서서 천천히 주문을 외웠다.

"엡-페, 펩-페, 칵-케!"

그다음에는 오른발로 서서 주문을 외웠다.

"힐-로, 홀-로, 헬-로!"

이번에는 두 발로 서서 커다란 목소리로 외쳤다.

"지즈-지, 주즈-지, 직!"

이제 마법이 작용하기 시작했다. 먹구름이 몰려오는 것처럼 하늘이 어두워지더니 어디선가 낮게 웅성거리는 소리가 들려왔다. 곧이어 날개를 퍼덕이는 소리, 시끄럽게 웃고 떠드는 소리가 들렸다. 해가 먹구름 사이에서 다시 모습을 드러내자 원숭이 무리가 못된 마녀를 둘러싸고 있었다. 원숭이들의 어깨마다 엄청나게 크고 억센 날개 한 쌍이 달려 있었다.

다른 원숭이보다 훨씬 덩치가 크고 우두머리처럼 보이는 원숭이 하나가 마녀 앞으로 날아와서 말했다.

"저희를 세 번째로 부른 것이니 이번이 마지막입니다. 무슨 명령이십니까?"

"가서 내 땅에 함부로 들어온 저놈들을 해치워라. 사자만 빼놓고. 사자는 마구를 채워서 말처럼 부릴 작정이니 나에게 데려와."

"명령을 따르겠습니다."

대장 원숭이가 대답했다. 날개 달린 원숭이들은 시끄럽게 소리 내면서 도로시와 친구들이 있는 곳으로 날아갔다.

원숭이 몇 마리가 양철 나무꾼을 움켜잡고 공중으로 날아올라 뾰족한 바위투성이 들판으로 데려갔다. 그리고 가엾은 양철 나무꾼을 아래로 떨어뜨렸다. 까마득하게 높은 곳에서 바위로 떨어진 나무꾼은 망가지고 찌그러져 움직일 수도, 신음을 낼 수도 없었다.

다른 원숭이들은 허수아비를 붙잡아서 긴 손가락으로 몸통과 머리에 채워진 밀짚을 몽땅 꺼냈다. 허수아비의 모자와 장화와 옷은 둘둘 말아서 키 큰 나무의 꼭대기에 걸쳐놓았다.

나머지 원숭이들은 튼튼한 밧줄을 던져 사자를 사로잡았다. 그리고 사자가 물거나 할퀴지도, 몸부림치지도 못하게 몸통과 머리와 다리를 꽁꽁 묶었다. 원숭이들은 사자를 들고 하늘로 올라가 마녀의 성까지 날아갔다. 그곳에서 사자는 쇠창살 울타리가 있는 좁은 마당에 갇혀버렸다.

하지만 도로시에게는 아무도 손댈 수 없었다. 토토를 품에 안은 채 도로시는 친구들의 슬픈 운명을 지켜보며 서 있었다. 그리고 곧 자기 차례가 올 것으로 생각했다. 대장 원숭이가 도로시에게 날아와 끔찍한 얼굴로 씩 웃으면서 털이 숭숭 난 긴 팔을 내밀었다. 하지만 도로시의 이마에 있는 착한 마녀의 입맞춤 자국을 보더니 갑자기 움직임을 멈췄다. 그리고 다른 원숭이들에게 도로시를 건드리지 말라는 신호를 보냈다.

"감히 이 여자애를 건드릴 생각일랑 하지도 말아라. 착한 힘이 이 애를 보호하고 있다. 착한 힘은 나쁜 힘보다 훨씬 강하다. 그저 마녀의 성에 데려가는 수밖에."

대장 원숭이가 무리에게 말했다. 원숭이들은 도로시를 살며시 들어 올려 재빨리 성으로 날아갔다. 그리고 성문 앞 계단에 내려놓은 뒤 대장 원숭이가 마녀에게 말했다.

"최대한 당신의 명령에 따랐습니다. 양철 나무꾼과 허수아비를 해치우고, 사자는 성의 마당에 묶었어요. 그런데 이 여자애와 여자애가 안고 있는 개는 저희가 감히 건드릴 수 없습니다. 당신이 명령을 내릴 힘은 이제 사라졌으니 다시는 저희를 볼 수 없을 겁니다."

날개 달린 원숭이들은 시끄럽게 웃고 떠들며 하늘로 날아가더니 곧 모습을 감추었다.

못된 마녀는 도로시의 이마에 있는 자국을 보고는 놀라기도 하고 걱정도 되었다. 날개 달린 원숭이뿐만 아니라 마녀 자신도 어떤 식으로든 도로시를 해칠 수 없음을 잘 알기 때문이었다. 그리고 도로시의 발에 눈길을 두다가 은 구두를 발견하고는 두려움에 몸을 떨기 시작했다. 마녀는 은 구두가 얼마나 강력한 마법의 힘을 지녔는지 잘 알고 있었다. 그래서 멀리 달아날까 생각하기도 했다. 그러

다가 우연히 도로시의 눈빛을 보고는 도로시가 더없이 순진한 영혼이며 은 구두가 가진 놀라운 마법의 힘을 전혀 모르고 있다는 것을 눈치챘다. 마녀는 속으로 낄낄거리며 생각했다.

'요 계집애는 마법의 힘을 전혀 모르는 것 같으니 내가 노예로 삼을 수도 있겠는걸!'

그래서 마녀는 사납게 도로시를 위협했다.

"나를 따라와라. 내가 시키는 대로 따라야 한다는 걸 알아둬. 그러지 않으면 양철 나무꾼과 허수아비한테 한 것처럼 너도 없애버릴 테다."

도로시는 성안에 있는 화려한 방을 수없이 지나서 마침내 부엌에 다다랐다. 그곳에서 마녀는 도로시에게 냄비와 주전자를 닦고, 바닥을 청소하고, 땔감으로 불을 피우도록 했다.

도로시는 마녀가 시키는 대로 순순히 일했다. 못된 마녀가 자기를 죽이지 않은 것이 너무도 다행스러워 온 힘을 다해 일해야겠다는 생각까지 들었다.

도로시가 열심히 일하는 동안, 마녀는 마당에 나가 겁쟁이 사자에게 마구를 씌우기로 했다. 나들이할 때마다 사자에게 마차를 끌게 할 생각을 하니 신이 났다. 하지만 마녀가 울타리 문을 열자마자 사자가 큰 소리로 으르렁거리면서 무섭게 덤벼들었다. 마녀는 기겁하고 달려나와 얼른 문을 다시 닫았다.

"고분고분 마구를 쓰지 않으면 너를 굶겨 죽일 수도 있어. 내가 시키는 대로 하기 전에는 아무것도 못 먹게 할 테다."

마녀가 문의 쇠창살 사이로 사자에게 고래고래 소리쳤다. 그 후로 마녀는 갇혀 있는 사자에게 먹을 것을 주지 않았다. 그리고 날마다 정오가 되면 문 앞에 와서 물었다.

"말처럼 마구를 쓸 마음이 생겼느냐?"

그러면 사자도 늘 똑같은 대답을 했다.

"천만에! 이 안에 들어오기만 하면 당장 물어뜯을 테다, 이 못된 마녀야!"

사자가 마녀의 말을 듣지 않고 버틸 수 있었던 것은 매일 밤 마녀가 잠들고 나면 도로시가 찬장에서 먹을 것을 꺼내 사자에게 가져다 준 덕분이었다. 밥을 먹고 난 사자가 밀짚으로 된 잠자리 위에 드러누우면 도로시도 그 옆에 누웠다. 그리고 털이 덥수룩한 사자의 부드러운 갈기에 머리를 기대고서 지금 자기네가 겪고 있는 괴로움을 이야기하거나 함께 달아날 궁리를 했다. 하지만 마녀의 성을 빠져나갈 방법을 찾을 수 없었다. 못된 마녀의 노예인 노란색 윙키들이 항상 지키고 있기 때문이었다. 윙키들은 마녀를 몹시 무서워해서 시키는 일은 무엇이든 했다.

도로시는 온종일 힘들게 일해야 했다. 마녀는 늘 갖고 다니는 낡은 우산으로 도로시를 때리겠다고 겁주곤 했다. 하지만 실은 도로시의 이마에 있는 자국 때문에 감히 그럴 수가 없었다. 이런 사실을 모르는 도로시는 마녀가 자기와 토토를 때릴까 봐 무서웠다. 한번은 마녀가 우산으로 토토를 때렸는데, 그러자 용감한 토토가 달려들어 마녀의 다리를 물어뜯었지만 피가 나지 않았다. 사악한 짓을 너무 많이 해서 몸속의 피가 오래전에 다 말라버린 탓이었다.

도로시는 하루하루가 매우 괴로웠다. 캔자스에 있는 엠 아줌마에게 돌아가기가 더 어려워졌음을 깨달았기 때문이다. 때때로 도로시는 몇 시간이고 엉엉 울었다. 그러면 토토는 발치에 와 앉아 도로시의 얼굴을 보며 주인이 가엾다는 듯 구슬프게 낑낑거렸다. 토토는 도로시와 함께 있을 수만 있다면 그곳이 캔자스든 오즈의 나라든 별 상관이 없었다. 하지만 도로시가 불행해하면 토토 자신도 행복하지 않았다.

못된 마녀는 도로시가 늘 신고 있는 은 구두를 자기 것으로 만들고 싶어서 안달이 났다. 부하였던 벌과 까마귀와 늑대들이 모두 죽은 채로 수북이 쌓여 말라가고 있었고, 황금 모자에 깃들어 있던 마법의 힘은 다 써버렸지만, 은 구두를 차지하기만 하면 자기가 잃어버린 것보다 더 큰 힘을 얻을 수 있을 것이었다. 마녀는 은 구두를 훔칠 생각으로 도로시가 신을 벗을 때가 언제인지 주의 깊게 살펴보았다. 하지만 도로시는 자신의 예쁜 구두를 매우 자랑스럽게 여겨 잠자리에 들 때와 목욕할 때 말고는 벗는 일이 없었다. 마녀는 어둠을 몹시 무서워해서 밤에 구두를 훔치러 도로시의 방에 들어갈 엄두를 내지 못했다. 게다가 물은 어둠보다도 백배 천배 더 무서워했기 때문에 도로시가 목욕을 할 때도 곁에 얼씬하지 못했다. 정말로 늙은 마녀는 이제까지 물을 만져본 적이 없었고, 몸에 물이 튀는 것조차 질색했다.

그러나 교활한 마녀는 마침내 자기가 원하는 것을 얻어낼 속임수를 생각해냈다. 마녀는 부엌 한가운데에 쇠막대기를 갖다놓은 뒤 마법을 써서 눈에 보이지 않게 만들었다. 그래서 도로시는 부엌을 가로질러 가다가 보이지 않는 막대기에 걸려 꽈당 넘어지고 말았다. 다치지는 않았지만 넘어지는 바람에 은 구두 한 짝이 벗겨졌고, 도로시가 미처 추스르기도 전에 마녀가 얼른 낚아채 뼈만 남은 자기 발을 쏙 집어넣었다.

마녀는 속임수가 성공한 것이 매우 기뻤다. 이제 은 구두 한 짝을 가졌으니 마법의 힘 가운데 절반은 자기 것이 되었고, 따라서 도로시가 은 구두의 마법을 알게 되더라도 마녀에게는 힘을 쓰지 못할 것이었다.

예쁜 구두 한 짝을 빼앗긴 도로시는 화가 나 마녀에게 소리쳤다.

"내 구두를 돌려줘요!"

"싫다. 이제 내 구두지 네 구두가 아니야."

"정말 나쁜 사람이네! 당신은 내 구두를 빼앗을 권리가 없어요."

마녀는 도로시를 비웃으며 말했다.

"이건 내 것이다. 무슨 소리를 해도 소용없어. 언젠가는 나머지도 빼앗아줄 테니 기다려."

이 말에 더욱 화가 난 도로시가 옆에 있던 양동이를 들어서 마녀에게 물을 부었고, 마녀는 머리에서 발끝까지 흠뻑 젖어버렸다. 그러자 마녀는 공포에 질려 커다랗게 비명을 질러댔다. 도로시가 깜짝 놀라서 바라보는 사이 마녀의 몸이 점점 쪼그라들기 시작했다.

"무슨 짓을 한 거야! 이제 난 녹아버린단 말이다."

마녀가 악을 썼다.

"어머나! 정말 미안해요."

도로시는 눈앞에서 갈색 설탕처럼 녹아내리는 마녀를 보고 겁에 질렸다.

"물이 닿으면 내가 끝장이라는 것을 몰랐다는 거야?"

마녀가 절망적인 목소리로 울부짖었다.

"정말 몰랐어요. 제가 어떻게 알겠어요?"

"조금만 있으면 난 완전히 녹아 없어진다. 그럼 네가 이 성을 차지하게 될 테지. 내 평생 못된 짓을 하면서 살아왔지만, 너 같은 어린애가 나를 녹여버릴 줄이야! 너도 조심해라. 이제 나는 끝이다!"

이 말과 함께 마녀는 흐물흐물하게 녹아서 갈색 액체가 되더니 깨끗이 닦은 부엌 바닥에 번지기 시작했다. 마녀가 다 녹아서 사라진 것을 본 도로시는 양동이에 물을 길어다가 그 지저분한 곳에 끼얹었다. 그리고 문밖으로 모두 쓸어버렸다. 그리고 마녀가 남기고 간 은 구두를 깨끗하게 씻어 헝겊으로 닦은 다음 다시 발에 신었다. 마침내 자유를 되찾은 도로시는 마당으로 달려가 사자에게 서쪽 마녀가 죽었으니 이제 낯선 나라에 갇힌 신세에서 벗어났다는 사실을 알려주었다.

NT-DORE - SANCY
nérale et le Sancy (1886
ale, au premier plan :
arc du Casino
ascade du Mont-Dore
bon - Le Sancy (1886

Chapter 13

구조

The Rescue

겁쟁이 사자는 물 한 양동이에 못된 마녀가 녹아버렸다는 말을 듣고 크게 기뻐했다. 도로시는 당장 철창문을 열어 사자를 풀어주었다. 그리고 함께 성으로 가서 윙키들을 모으고는 이제 노예 생활이 모두 끝났음을 알렸다.

오랜 세월 못된 마녀에게 시달리며 힘겹게 일해야 했던 노란색 윙키들은 기뻐서 어쩔 줄 몰랐다. 윙키들은 마녀에게서 해방된 날을 기념일로 정해서 그 후로도 오랫동안 이날이면 잔치를 열고 춤을 추며 즐겼다.

"허수아비와 양철 나무꾼도 함께라면 정말 행복할 텐데……."

사자가 말했다.

"우리가 그 친구들을 구할 수는 없을까?"

도로시가 애태우며 물었다.

"한번 해보자."

도로시와 사자는 노란 윙키들에게 자신의 친구들을 구하러 가려는데 도와줄 수 있는지 물었다. 윙키들은 노예 생활에서 해방시켜준 도로시를 위해서라면 어떤 일이든지 기꺼이 하겠다고 대답했다. 그래서 도로시는 현명해 보이는 윙키를 몇 명 뽑아서 함께 길을 나섰다. 하루를 꼬박 걷고 그다음 날 얼마쯤 가니 울퉁불퉁한 바위로 뒤덮인 들판에 도착했다. 양철 나무꾼이 온통 찌그러진 채 그곳에 누워 있었다. 도끼가 바로 옆에 놓여 있었지만 날이 녹슬고 손잡이는 부러져 있었다.

윙키들이 양철 나무꾼을 조심스럽게 안아 올려서는 다시 노란 성으로 향했다. 성으로 돌아가며 도로시는 차마 눈 뜨고 볼 수 없이 참담한 친구의 모습에 눈물을 흘렸다. 사자도 슬프고 심각한 표정이었다. 성에 도착한 후 도로시가 윙키들에게 물었다.

"여러분 가운데 함석공이 있나요?"

"아, 물론이죠! 솜씨가 꽤 좋은 사람도 몇 있어요."

"그분들을 저에게 데려와주세요."

함석공들이 도구를 담은 바구니를 들고 모이자, 도로시가 양철 나무꾼을 보여주면서 물었다.

"찌그러지고 구부러진 부분은 펴고 부러진 부분은 때워서 원래 모습을 되찾아주실 수 있나요?"

함석공들은 주의 깊게 살펴보더니 고칠 수 있겠다고 대답했다. 그리고 양철 나무꾼의 팔다리와 몸통, 머리에 망치질하고 두드리고 비틀고 구부리고 땜질하고 광을 내면서 사흘 낮과 나흘 밤 동안 열심히 일했다. 마침내 양철 나무꾼은 옛 모습으로 돌아왔고, 관절도 잘 움직이게 되었다. 물론 몇 군데 이어붙인 자국이 눈에 띄기는 했다. 그러나 함석공들의 솜씨가 훌륭했고, 양철 나무꾼도 허영심 많은 사람이 아니었기에 전혀 마음에 두지 않았다.

드디어 양철 나무꾼이 도로시의 방으로 찾아와 구해줘서 고맙다는 인사를 하며 기쁨의 눈물을 흘렸다. 도로시는 양철이 녹슬지 않도록 앞치마로 나무꾼이 흘린 눈물을 일일이 닦아주었다. 도로시도 옛 친구를 다시 만난 기쁨에 눈물을 펑펑 쏟았지만, 그 눈물은 굳이 닦아내지 않아도 되었다. 사자는 연신 눈물을 닦다가 꼬리 끝이 흠뻑 젖고 말았다. 어쩔 수 없이 마당으로 나가 꼬리를 들고 햇볕에 말려야 했다.

"허수아비만 다시 만나게 되면 정말 행복할 거야."

도로시가 이제까지 일어났던 모든 일을 들려주자 양철 나무꾼이 말했다.

"우리가 찾아 나서야 해."

도로시가 대답했다.

도로시는 윙키들을 불러 도움을 청했다. 그리고 윙키들과 하루를 꼬박 걷고 그다음 날 다시 얼마쯤 걸었을 때, 날개 달린 원숭이들이 허수아비의 옷을 걸쳐놓은 키 큰 나무 앞에 이르렀다.

높이 솟은 나무였다. 줄기는 너무 미끄러워서 아무도 올라갈 수 없었다. 하지만 곧 양철 나무꾼이 말했다.

"내가 이 나무를 베어서 넘어뜨리겠어. 그러면 허수아비의 옷을 되찾을 수 있을 거야."

전에 함석공들이 양철 나무꾼을 고치는 동안 대장장이 윙키가 부러진 도끼의 손잡이를 단단한 금으로 바꿔서 끼워놓았었다. 도끼날 역시 다른 윙키가 녹을 벗기고 갈아둔 덕에 마치 잘 닦은 은처럼 번쩍거렸다.

말을 마치기가 무섭게 양철 나무꾼은 나무를 찍기 시작했고, 이

내 쿵 하는 소리와 함께 나무가 쓰러졌다. 나뭇가지에 걸려 있던 허수아비의 옷이 땅으로 굴러떨어졌다.

도로시가 옷을 주워서는 윙키들에게 성으로 가져가도록 부탁했다. 윙키들은 성에 도착해 그 속에 잘 말린 깨끗한 밀짚을 채웠다. 그러자 허수아비가 예전 모습 그대로 살아났다. 그리고 친구들과 윙키들에게 자기를 구해줘서 고맙다는 인사를 몇 번이고 되풀이했다.

다시 함께하게 된 도로시와 친구들은 노란 성에서 며칠간 행복한 시간을 보냈다. 성에는 필요한 모든 것이 있어서 편히 지낼 수 있었다. 하지만 그러던 어느 날 도로시는 엠 아줌마를 떠올리며 친구들에게 말했다.

"우리는 오즈에게 돌아가서 약속을 지키라고 해야 해."

"맞아! 드디어 나는 심장을 갖게 되는구나."

양철 나무꾼이 말했다.

"나는 뇌를 갖게 될 테고."

허수아비가 기뻐하면서 덧붙였다.

"나는 용기를 갖게 될 거야."

사자도 생각에 잠겨 말했다.

"그럼 나는 캔자스로 돌아가겠지. 아, 우리 에메랄드 시로 돌아가자. 내일 떠나는 거야!"

도로시가 손뼉을 치며 소리쳤다.

모두 그 말에 찬성했다. 다음 날 도로시와 친구들은 윙키들을 불러모아 작별 인사를 했다. 윙키들은 매우 아쉬워하면서, 각별해진 양철 나무꾼에게는 떠나지 말고 서쪽의 노란 나라를 다스려달라고 간절히 부탁하기도 했다. 그러나 다 함께 떠나게 되었음을 깨달은 윙키들은 토토와 사자에게 각각 금목걸이를 걸어주었고, 도로시에게는 다이아몬드가 박힌 아름다운 팔찌를 선물했다. 허수아비에게는 잘 넘어지지 않도록 손잡이가 금으로 된 지팡이를, 양철 나무꾼에게는 금과 값비싼 보석으로 장식한 기름통을 주었다.

그에 대한 답례로 도로시와 친구들은 윙키들에게 다정한 인사를 건넸고, 팔이 아프도록 악수를 했다.

도로시는 여행 동안 먹을 음식을 챙기려고 마녀의 찬장으로 갔다. 찬장 속에 황금 모자가 있어 머리에 써보니 꼭 맞았다. 도로시는 황금 모자의 마법에 대해선 전혀 알지 못했지만, 모자가 예뻐서 그것을 쓰기로 하고 지금까지 쓰고 있던 모자는 바구니에 넣었다.

여행 준비가 끝나자 도로시와 친구들은 에메랄드 시를 향해 출발했다. 윙키들이 환호하면서 행운을 빌어주었다.

Chapter 14

날개 달린 원숭이들

The Winged Monkeys

기억할지 모르겠지만, 에메랄드 시에서 서쪽 못된 마녀의 성으로 가는 길은 오솔길조차 없었다. 도로시와 친구들이 무작정 마녀를 찾으러 갔을 때, 그들을 본 마녀가 날개 달린 원숭이들을 보내 성으로 데려왔다. 미나리아재비와 데이지가 피어 있는 허허벌판을 헤매며 에메랄드 시로 돌아가는 길은 원숭이들에게 붙잡혀 하늘을 나는 것보다 훨씬 더 어려웠다. 물론 해가 떠오르는 동쪽으로 곧장 가야만 한다는 것은 알고 있었고, 그래서 그 방향으로 나아갔다. 하지만 정오가 되어 해가 머리 위로 오르자 동쪽이 어디이고 서쪽이 어디인지 알 수 없어졌다. 그렇지만 도로시와 친구들은 계속 걸었다. 밤이 되자 달이 떠올라 들판을 환하게 비추었다. 모두 달콤한 향기가 나는 노란색 꽃 사이에 누워 아침까지 푹 잤다. 물론 허수아

비와 양철 나무꾼은 잠들지 않았다.

다음 날 아침, 해가 구름 속에 숨었지만 도로시 일행은 어느 쪽으로 가야 할지 확실히 아는 사람들처럼 다시 길을 떠났다.

"좀 더 가다 보면 어딘가에 도착할 거야. 확실해."

도로시가 말했다.

하지만 날이 하루하루 지나도, 노란 들판밖에는 보이는 게 없었다. 허수아비가 투덜대기 시작했다.

"길을 잃은 게 틀림없어. 에메랄드 시로 가는 길을 못 찾으면 나는 영영 뇌를 얻지 못할 거야."

"난 심장을 얻지 못하겠지. 오즈 나라에 빨리 가고 싶어. 더는 기다릴 수 없을 지경이야. 여행이 너무 길어진 게 사실이잖아."

양철 나무꾼도 단호하게 말했다.

"너희도 알다시피, 나는 이렇게 하염없이 떠돌아다닐 만한 용기가 없어."

사자도 징징거렸다.

그러자 도로시도 의욕을 잃고 풀밭에 앉아 친구들을 바라보았다. 허수아비와 양철 나무꾼, 사자도 주저앉아 도로시를 마주 보았다. 난생 처음 토토는 머리 위에 날아다니는 나비를 쫓아다닐 수 없을 정도로 지쳐버렸다. 혀를 내밀고 헉헉거리면서 이제 어떻게 해야 좋을지 묻는 듯한 눈빛으로 도로시를 쳐다보았다.

"들쥐들을 불러보자. 길을 가르쳐줄지도 몰라."

도로시가 제안했다.

"들쥐들은 틀림없이 알 거야. 왜 진작 그 생각을 못 했을까?"

허수아비가 소리쳤다.

도로시는 들쥐 여왕에게 받아 줄곧 목에 걸고 다니던 작은 호루라기를 불었다. 얼마 지나지 않아 작은 발이 후다닥 달려오는 소리가 들렸고, 몸집이 작은 잿빛 들쥐 떼가 도로시 앞으로 몰려들었다. 무리 사이에 있던 들쥐 여왕이 찍찍거리며 물었다.

"무엇을 도와드릴까요, 친구들?"

"길을 잃었어. 에메랄드 시로 가는 길을 알려줄 수 있니?"

도로시가 물었다.

"물론이죠! 하지만 그 길에서 많이 벗어났어요. 여러분은 이제까지 반대 방향으로 왔거든요."

그러더니 들쥐 여왕은 도로시의 황금 모자를 보고 다시 말했다.

"황금 모자의 마법을 사용하지 그러세요? 날개 달린 원숭이들을

"The Monkeys caught Dorothy in their arms and flew away with her."

the charm of the Cap, and call the Winged Monkeys to you? They will carry you to the City of Oz in less than an hour."

"I didn't know there was a charm," answered Dorothy, in surprise. "What is it?"

"It is written inside the Golden Cap," replied the Queen of the Mice; "but if you are going to call the Winged Monkeys we must run away, for they are full of mischief and think it great fun to plague us."

"Won't they hurt me?" asked the girl, anxiously.

"Oh, no; they must obey the wearer of the Cap. Good-bye!" And she scampered out of sight, with all the mice hurrying after her.

Dorothy looked inside the Golden Cap and saw some words written upon the lining. These, she thought, must be the charm, so she read the directions carefully and put the Cap upon her head.

"Ep-pe, pep-pe, kak-ke!" she said, standing on her left foot.

"What did you say?" asked the Scarecrow, who did not know what she was doing.

"Hil-lo, hol-lo, hel-lo!" Dorothy went on, standing this time on her right foot.

"Hello!" replied the Tin Woodman, calmly.

"Ziz-zy, zuz-zy, zik!" said Dorothy, who was now standing on both feet. This ended the saying of the charm, and they heard a great chattering and flapping of wings,

부르면 한 시간도 안 걸려 오즈의 도시로 데려갈 텐데."

"이 모자에 마법의 힘이 있는 줄 몰랐어. 어떻게 하는 거야?"

"모자 안쪽에 적혀 있어요. 하지만 날개 달린 원숭이를 부를 거면 우리는 빨리 달아나야겠어요. 원숭이들이 아주 심술궂어서 재미 삼아 우리를 괴롭히거든요."

"원숭이들이 나를 해치지 않을까?"

도로시가 걱정되어 물었다.

"절대로 그렇지 않아요. 원숭이들은 모자를 쓴 사람의 명령에 복종해야만 해요. 그럼 안녕!"

들쥐 여왕은 재빨리 모습을 감추었고, 다른 들쥐들도 서둘러 그 뒤를 따랐다.

도로시가 황금 모자 안쪽을 들여다보니 몇몇 단어가 적혀 있었다. 도로시는 그게 바로 주문이 틀림없다고 생각하고, 지시 사항을 주의 깊게 읽었다. 그리고 다시 모자를 썼다.

"엡-페, 펩-페, 칵-케!"

도로시가 왼발로 서서 주문을 외웠다.

"뭐라고 했어?"

허수아비는 도로시가 뭘 하는지 전혀 몰라 어리둥절해서 물었다.

"힐-로, 홀-로, 헬-로!"

도로시가 이번에는 오른발로 서서 주문을 계속 외웠다.

"헬로!"

양철 나무꾼이 나지막하게 도로시의 말을 따라 했다.

"지즈-지, 주즈-지, 직!"

이제는 두 발로 선 도로시가 주문을 말했다. 그러자 시끄럽게 떠드는 소리와 날개를 퍼덕이는 소리가 들리더니 날개 달린 원숭이들이 우르르 날아왔다. 대장 원숭이가 도로시 앞에서 허리 굽혀 인사하고 물었다.

"어떤 명령을 내리시겠습니까?"

"에메랄드 시로 가고 싶어. 우리가 길을 잃었거든."

"저희가 모셔다 드리죠."

대장 원숭이가 말을 마치자마자 원숭이 두 마리가 도로시를 팔에 안고 날아올랐다. 다른 원숭이들은 허수아비와 양철 나무꾼과 사자를 들고, 작은 원숭이 하나가 토토를 꼭 껴안고 그 뒤를 따랐다. 토토는 원숭이를 물어뜯으려고 버둥거렸다.

허수아비와 양철 나무꾼은 날개 달린 원숭이들에게 끔찍한 일을 당한 기억 때문에 처음에는 몹시 겁을 먹었다. 하지만 이번에는 자기들을 해치려는 게 아니라는 걸 곧 깨닫고, 발아래 펼쳐진 예쁜 꽃밭과 숲을 구경하면서 즐겁게 날아갔다.

도로시는 덩치가 가장 큰 원숭이 두 마리에게 안겨서 편안하게 날아가고 있었다. 그중 한 마리는 대장 원숭이였다. 원숭이들은 서로 손을 맞잡아 의자처럼 만들어 도로시를 그 위에 앉히고, 도로시가 다치지 않도록 조심히 날아갔다.

"너희는 왜 황금 모자의 마법에 복종해야 하니?"

도로시가 물었다.

"사연이 길어요. 하지만 갈 길이 머니, 듣고 싶으시다면 시간도 때울 겸 말씀드릴게요."

대장 원숭이가 웃으며 말했다.

"듣고 싶은걸!"

"옛날에는 저희도 넓은 숲에서 자유롭게 살았답니다. 나무와 나무 사이를 날아다니면서 호두나 과일을 따 먹고, 누구의 명령을 따를 필요도 없이 하고 싶은 일을 했어요. 몇몇은 때때로 장난기가 지나칠 때가 있어서, 땅으로 내려가 날개 없는 동물들의 꼬리를 잡아당기거나 새들을 쫓아다니고, 숲을 지나가는 사람들에게 호두 같은 것을 던지곤 했지요. 아무 걱정 없이 행복하고 재미있게 하루하루를 즐기면서 살았어요. 아주 오래전에 말이에요. 오즈가 구름에서 나와 이 나라를 다스리기 훨씬 전이었지요.

그 무렵 여기에서 북쪽으로 멀리 떨어진 곳에 아름다운 공주가 살았어요. 공주이면서 힘센 마법사이기도 했지요. 하지만 사람들을 돕는 데에만 마법을 썼고, 착한 사람은 절대로 해치지 않았어요. 공주의 이름은 가엘렛이었고, 커다란 루비 벽돌로 지은 멋진 궁전에 살았어요. 모두가 공주를 사랑했지만 공주 자신은 사랑할 만한 사람을 찾을 수 없어서 매우 슬퍼했어요. 지혜롭고 아름다운 공주와 짝이 되기에는 그 나라 남자들이 죄다 너무 어리석고 못생겼기 때문이었지요. 그런데 드디어 잘생기고 남자답고 나이에 비해 현명한 소년 하나를 발견했어요. 가엘렛 공주는 소년이 자라서 어른이 되면 남편으로 삼기로 결심했어요. 그래서 소년을 루비 궁전으로 데려와, 할 수 있는 모든 마법의 힘으로 여자라면 누구나 남편으로 삼고 싶을 만큼 강하고 훌륭하고 멋진 남자로 만들었어요. 그 소년의 이름은 켈랄라였는데, 켈랄라가 자라서 어른이 되었을 때 사람들은 그가 이 나라에서 가장 훌륭하고 현명한 남자라고 칭송했어요. 게다가 가엘렛 공주의 사랑을 흠뻑 받을 만큼 남자다움이 넘쳤어요. 그래서 결혼을 서두르게 되었지요.

그때는 제 할아버지가 날개 달린 원숭이들의 대장이었어요. 할아버지는 가엘렛 공주의 궁전 근처 숲에 살고 있었어요. 할아버지는 맛있는 음식보다 장난을 더 좋아했어요. 어느 날, 공주의 결혼식이 얼마 남지 않았던 때였어요. 할아버지가 부하 원숭이들을 거느리고 하늘을 날다가 켈랄라가 강가를 산책하고 있는 것을 보았지요. 켈랄라는 분홍색 비단과 자주색 벨벳으로 만든 호화로운 옷을 입고 있었어요. 그 모습을 보자 할아버지는 그가 스스로 뭘 할 수 있는지 깨닫게 해주겠다고 생각했지요. 할아버지의 명령에 따라 원숭이들이 아래로 내려가 켈랄라를 붙잡았고, 강 한가운데로 데려가 물속으로 떨어뜨렸어요. '헤엄쳐서 나와봐, 이 잘난 친구야. 그 멋진 옷도 물에 젖는지 한번 보자고.' 할아버지가 소리쳤어요. 켈랄라는 물론 헤엄을 칠 줄 알았고, 굉장한 호사를 누리면서 자랐음에도 잘난 체하는 사람은 아니었어요. 물 위로 떠올랐을 때 켈랄라는 껄껄 웃었어요. 그리고 헤엄을 쳐서 강가로 나왔지요. 하지만 소식을 듣고 달려온 가엘렛 공주가 켈랄라의 옷이 강물에 젖어 엉망이 되어버린 걸 보았어요.

공주는 매우 화가 났어요. 누가 그런 짓을 했는지도 알고 있었지요. 공주는 날개 달린 원숭이들을 모두 궁전으로 불렀어요. 그러고는 날개를 꽁꽁 묶어서 켈랄라에게 한 것처럼 강물에 빠뜨릴 거라고 했어요. 제 할아버지가 정말로 싹싹 빌었지요. 날개를 묶인 채 강물에 빠지면 모두 죽을 게 뻔했으니까요. 켈랄라도 원숭이들을 용서해달라고 부탁했어요. 마침내 가엘렛 공주는 원숭이들을 용서했지만, 그 대신 황금 모자 주인의 명령에 세 번 복종해야 한다는 조건을 내걸었지요. 모자는 켈랄라에게 줄 결혼 선물로 마련된 것이었어요. 공주의 나라 절반에 해당하는 비용이 들었다고 하더군요. 할아버지와 나머지 원숭이들은 얼른 그 조건을 받아들였지요.

그런 까닭에 저희는 황금 모자 주인의 명령에 세 차례 복종하게 된 거랍니다."

"공주와 켈랄라는 어떻게 됐어?"

이야기를 흥미롭게 듣고 있던 도로시가 물었다.

"황금 모자의 첫 주인이 된 켈랄라는 저희에게 명령을 내렸어요. 자신의 신부가 원숭이들을 꼴 보기 싫어하는 것을 알고 결혼식이 끝난 뒤 저희를 숲으로 불렀어요. 그리고 다시는 날개 달린 원숭이 한 마리도 공주의 눈에 띄지 않게 멀리 떠나라고 명령했지요. 저희도 기꺼이 그렇게 했어요. 공주가 두려웠으니까요.

황금 모자가 서쪽의 못된 마녀 손에 들어가기 전까지 저희가 따른 명령은 그것뿐이었어요. 하지만 못된 마녀는 윙키들을 노예로 만들라고 했고, 그 뒤에는 오즈를 서쪽 나라에서 쫓아버리라고 했지요. 이제 황금 모자는 당신 것이니, 저희에게 소원을 들어달라는 명령을 세 번 내릴 수 있습니다."

대장 원숭이가 말을 마쳤을 때 도로시가 아래를 내려다보니 에메랄드 시의 반짝이는 초록색 성벽이 눈앞에 있었다. 도로시는 원숭이들이 그토록 빨리 날아왔다는 데 깜짝 놀랐지만 여행이 끝나서 반가운 마음이었다. 날개 달린 원숭이들은 도로시와 친구들을 성문 앞에 살며시 내려놓았다. 대장 원숭이가 도로시에게 허리 굽혀 인사한 뒤 쏜살같이 날아갔고, 부하 원숭이들도 그 뒤를 따랐다.

"즐거운 여행이었어."

도로시가 말했다.

"맞아. 이렇게 빨리 어려움에서 벗어나다니! 네가 그 엄청난 모자를 갖고 온 게 얼마나 다행이야!"

사자가 맞장구를 쳤다.

Chapter 15

마법사 오즈에게 실망하다

The Discovery of OZ, The Terrible

네 여행자는 에메랄드 시의 커다란 성문 앞으로 걸어가 초인종을 울렸다. 종소리가 여러 번 울린 뒤에야 지난번에 만난 문지기가 나와 문을 열었다.

"세상에! 다시 돌아온 거니?"

문지기가 놀라워하며 물었다.

"보면 몰라요?"

허수아비가 대답했다.

"하지만 서쪽의 못된 마녀를 만나러 갔던 걸로 알고 있는데."

"맞아요. 마녀를 만났어요."

허수아비가 말했다.

"그런데 그냥 돌아가게 내버려두었다는 거야?"

문지기가 의심스럽다는 듯 물었다.

"그럴 수밖에 없었지요. 마녀는 녹아버렸거든요."

허수아비가 설명했다.

"녹아버렸다고? 이런, 참으로 기쁜 소식이네. 누가 한 거지?"

"도로시가요."

사자가 점잖게 말했다.

"이렇게 고마울 수가!"

문지기가 감탄하면서 도로시에게 정중하게 허리 굽혀 인사했다. 그러고는 작은 방으로 도로시 일행을 데려가 전과 마찬가지로 커다란 상자에서 안경을 꺼내 그들에게 씌우고 열쇠를 채웠다. 그런 다음 또 다른 문을 지나 에메랄드 시의 거리로 들어섰다. 문지기에게서 도로시와 친구들이 서쪽의 못된 마녀를 녹여버렸다는 이야기를 전해 듣자, 사람들이 몰려나와 일행의 주위를 에워싸더니 오즈의 궁전까지 뒤를 졸졸 따라왔다. 엄청난 수의 군중이었다.

초록색 구레나룻의 병사가 여전히 궁전 앞을 지키고 있었다. 하지만 이번에는 도로시와 친구들을 즉시 안으로 들여보냈다. 예쁜 초록 하녀가 다시 맞이했고, 예전에 썼던 방으로 안내했다. 도로시 일행은 위대

한 마법사 오즈가 그들을 만날 준비가 될 때까지 방에서 휴식을 취하기로 했다.

병사는 곧장 오즈에게 가서 도로시 일행이 못된 마녀를 없애고 돌아왔다는 소식을 전했다. 하지만 오즈는 아무런 대답도 하지 않았다. 일행은 오즈가 당장 자신들을 부를 것으로 생각했지만 아니었다. 다음 날에도, 그다음 날에도, 또 그다음 날에도 오즈는 아무 연락이 없었다. 기다리기가 피곤하고 지루했다. 마침내 도로시와 친구들은 서쪽 나라에서 온갖 어려움과 노예 생활까지 겪게 한 오즈가 무례하다는 생각에 화가 났다. 결국 허수아비가 초록 하녀에게 부탁해서 오즈에게 말을 전하게 했다. 지금 당장 만나주지 않으면 날개 달린 원숭이들에게 도움을 요청하겠다고 말이다. 그러자 오즈가 놀랐는지 다음 날 아침 9시 4분에 접견실로 오라는 전갈을 보냈다. 서쪽 나라에서 날개 달린 원숭이들을 만난 적이 있는 오즈는 다시는 원숭이들과 마주치고 싶지 않았다.

그날 밤 도로시와 친구들은 오즈가 약속했던 선물을 받을 희망에 부풀어 잠을 이루지 못했다. 도로시는 한 차례 잠이 들었다가 캔자스에 돌아간 꿈을 꾸었다. 꿈에서 엠 아줌마는 도로시가 집에 돌아와 얼마나 기쁜지 모른다고 말했다.

다음 날 아침 9시 정각에 초록색 구레나룻의 병사가 데리러 왔고, 4분 뒤에는 모두 마법사 오즈가 있는 접견실로 들어갔다.

도로시와 친구들은 오즈가 당연히 지난번에 자기가 본 바로 그 모습일 것으로 저마다 기대하고 있었다. 그런데 방을 둘러봐도 아무도 보이지 않아서 모두 크게 당황했다. 일행은 서로에게 바짝 붙어 문 가까이에 섰다.

그때 커다란 반구형의 천장 꼭대기에서 위엄 있는 목소리가 들려왔다.

"나는 위대하고도 무시무시한 마법사 오즈다. 너는 누구이고, 나를 찾아온 이유가 무엇이냐?"

도로시 일행은 다시 방 구석구석을 살펴보았다. 역시 아무도 보이지 않자 도로시가 물었다.

"어디에 계신 거예요?"

"난 어디에나 있다. 그러나 영원히 살 수 없는 보통 사람의 눈에는 보이지 않아. 이제 나는 내 왕좌에 앉을 것이다. 너희가 나와 대화를 나눌 수 있게 말이지."

그러더니 목소리는 정말로 왕좌에서 곧장 나오는 것처럼 들렸다. 도로시와 친구들은 왕좌를 향해 걸어가 한 줄로 섰다. 도로시가 다시 입을 열었다.

"오즈 님, 저희에게 했던 약속을 지켜주세요."

"무슨 약속 말이냐?"

"서쪽 못된 마녀를 처치하고 오면 저를 캔자스로 보내준다고 분명 약속하셨잖아요."

"저에게는 뇌를 주겠다고 약속하셨지요."

허수아비가 말했다.

"저에게는 심장을 주겠다고 하셨고요."

양철 나무꾼도 거들었다.

"저에게는 용기를 주겠다고 하셨어요."

겁쟁이 사자가 덧붙였다.

"마녀를 정말로 해치웠나?"

목소리가 물었다. 도로시는 왠지 그 목소리가 조금 떨리는 것 같다고 생각했다.

"네. 제가 양동이로 물을 부었더니 녹아버렸어요."

"이런, 어떻게 갑자기 그런 일이! 아무튼 내일 다시 와라. 생각할 시간이 필요하니까."

"생각하실 시간은 이미 충분했잖아요."

양철 나무꾼이 화가 나서 말했다.

"더는 하루도 못 기다리겠어요."

허수아비도 항의했다.

"우리에게 약속한 것을 지키셔야죠!"

도로시가 소리쳤다.

사자는 마법사에게 겁을 줘야겠다고 생각해서 크게 울부짖었다.

그 소리가 얼마나 사납고 무시무시했던지 토토가 펄쩍 뛰다가 구석에 세워져 있던 휘장을 넘어뜨렸다. 그러면서 요란한 소리가 나는 바람에 도로시와 친구들은 일제히 그쪽을 바라보았다. 그다음 순간 모두 깜짝 놀랐다. 휘장으로 가려져 있던 곳에 키가 작달막한 노인이 서 있었기 때문이다. 대머리에 주름살 가득한 얼굴의 노인도 도로시와 친구들만큼이나 놀란 듯했다. 양철 나무꾼이 도끼를 치켜들고 노인에게 달려들며 소리쳤다.

"당신은 누구야?"

"나는 위대하고도 무시무시한 마법사 오즈다. 그걸로 날 내려치지는 말아줘, 제발! 너희가 해달라는 건 다 할 테니……."

노인이 떨리는 목소리로 말했다. 도로시와 친구들은 놀라고 실

n, with a bald head and a wrinkled face, who
to be as much surprised as they were. The Tin
nan, raising his axe, rushed toward the
an and cried out,
Vho are you?"
am Oz, the Great
errible," said the
an, in a trembling
"but don't strike
lease don't!—and
anything you want

"Exactly so! I am a humbug."

망한 표정으로 노인을 바라보았다.

"난 오즈가 커다란 머리라고 생각했는데."

도로시가 말했다.

"나는 아름다운 귀부인이라고 생각했어."

허수아비가 말했다.

"난 무시무시한 괴물인 줄 알았지."

양철 나무꾼이 말했다.

"난 불덩이인 줄 알았잖아."

사자가 소리쳤다.

"아니, 모두 잘못 알고 있었어. 그렇게 믿도록 내가 속인 거야."

노인이 풀 죽은 목소리로 말했다.

"속였다고요? 당신은 위대한 마법사가 아니란 말인가요?"

도로시가 외쳤다.

"조용히 하거라, 얘야! 그렇게 크게 말하지 마. 다른 사람이 듣는단 말이다. 그럼 난 끝이야. 사람들은 다들 나를 위대한 마법사라고 알고 있거든."

"그럼 아니에요?"

도로시가 되물었다.

"절대 아니지. 난 그냥 평범한 사람이야."

"평범한 사람이라고 할 수는 없죠. 당신은 사기꾼이잖아요."

허수아비가 슬픈 목소리로 말했다.

"바로 그거야! 난 사기꾼이야."

노인은 그 말에 기분이 좋아졌다는 듯 양손을 비비며 말했다.

"하지만 이건 너무하잖아요. 내 심장은 어떡하라고요?"

양철 나무꾼이 말했다.

"내 용기는요?"

사자가 물었다.

"내 뇌는?"

옷자락으로 눈물을 닦아내면서 허수아비가 흐느꼈다.

"이 친구들아! 별것도 아닌 일을 가지고 나를 너무 나무라지는 말게. 내 입장을 생각해봐. 이렇게 정체가 밝혀졌으니 나야말로 큰 일이라고."

"할아버지가 사기꾼이라는 사실을 아는 사람이 없나요?"

도로시가 물었다.

"너희 넷 말고는 아무도 몰라. 워낙 오랫동안 모든 사람을 속여 왔으니 절대로 내 정체가 드러나지 않으리라고 생각했지. 너희를 이 방으로 부른 것이 가장 큰 실수였어. 보통은 백성들도 만나주지 않거든. 그래서 다들 나를 무시무시한 존재로 믿고 있지."

"하지만 이해가 안 돼요. 지난번에는 어떻게 커다란 머리로 제 앞에 나타날 수 있었지요?"

도로시가 어리둥절한 표정으로 물었다.

"그건 내 속임수 가운데 하나였어. 이리로 가까이 와보렴. 모두 설명해줄게."

오즈는 앞장서서 도로시와 친구들을 접견실 뒤에 있는 작은 방으로 안내했다. 그리고 손가락으로 한쪽 구석을 가리켰다. 그곳에는 종이를 여러 겹 붙인 다음 세심하게 얼굴을 그린 커다란 머리가 놓여 있었다.

"이것을 쇠줄에 연결해 천장에 매달았어. 나는 휘장 뒤에 서서 눈이 움직이고 입이 벌어지도록 줄을 조정했지."

"하지만 목소리는 어떻게 한 거예요?"

도로시가 물었다.

"아, 난 복화술사란다. 내가 원하는 곳에서 소리가 나도록 할 수 있지. 그래서 너는 저 머리에서 소리가 나온다고 생각했을 거다. 자, 이것이 내가 너희를 속일 때 사용했던 물건들이야."

오즈는 허수아비에게 아름다운 귀부인처럼 보이기 위해 입었던 드레스와 얼굴에 썼던 가면을 보여주었다. 양철 나무꾼이 보았던 무시무시한 괴물은 그저 널빤지 조각에 털가죽을 이어붙인 것에 불과했다. 불덩이로 말할 것 같으면, 그 또한 가짜 마법사가 천장에 매단 솜뭉치였으며 기름을 부어서 활활 타오른 것이었다.

"자신이 이런 사기꾼이라는 걸 부끄럽게 생각하셔야 해요."

허수아비가 말했다.

"그래, 정말로 부끄럽구나. 하지만 그게 내가 할 수 있는 유일한 일이었어. 자, 의자가 많으니 모두 앉아봐. 내 이야기를 들어보렴."

노인이 서글픈 목소리로 대답했다. 의자에 앉은 도로시와 친구들은 노인의 이야기에 귀를 기울였다.

"나는 오마하에서 태어났지……."

"어머, 캔자스에서 그다지 멀지 않은 곳이에요!"

도로시가 소리쳤다.

"그래, 멀지 않지. 그렇지만 여기서는 아주 먼 곳이지."

노인은 고개를 저으며 우울한 목소리로 대꾸하고는 말을 이었다.

"나는 어른이 되어 복화술사가 되었어. 그 당시 훌륭한 스승 밑에서 훈련을 매우 잘 받았지. 그래서 어떤 동물이나 새도 흉내 낼 수 있단다."

오즈는 말을 잠시 멈추고 새끼 고양이가 우는 소리를 냈다. 그러자 토토가 귀를 쫑긋 세우고 방을 두리번거렸다.

"그런데 좀 지나니까 복화술에 싫증이 났어. 그래서 풍선을 타는 사람이 되기로 했지."

"그게 뭐예요?"

도로시가 물었다.

“서커스 하는 날 기구를 타고 하늘로 올라가는 사람 있잖아? 사람들이 서커스를 보러 오게 하려고 말이야.”

“아, 알겠어요!”

“어느 날 풍선을 타고 하늘로 올라갔는데, 밧줄이 뒤엉켜서 다시 내려갈 수가 없었어. 풍선은 구름 위까지 높이 올라가서는, 공기의 흐름을 타고 멀리 날아갔어. 아주 멀리 말이야. 하루 밤낮을 그렇게 바람을 타고 날았지. 그리고 다음 날 아침 눈을 뜨니 풍선이 생전 처음 보는 아름다운 곳 위에 떠 있는 거야.

풍선이 아래로 천천히 내려가서 나는 하나도 다치지 않았어. 하지만 낯선 사람들이 떼를 지어 몰려와 나를 둘러쌌지. 내가 구름 위에서 내려오는 것을 보고 나를 위대한 마법사라고 생각한 거야. 물론 난 그렇게 믿도록 내버려뒀어. 왜냐하면 사람들은 나를 두려워하고, 내가 시키는 일은 무엇이든 하겠다고 맹세했으니까.

그냥 내 심심함도 덜고 착하기만 한 이곳 사람들을 바쁘게 살게 하려고, 나는 이 도시와 궁전을 짓게 했지. 모두 기꺼이 솜씨 좋게 일했어. 그때 난 생각했어. 이곳은 푸른 숲이 우거져 있고 풍경이 아름다우니, 도시 이름을 에메랄드 시라고 하면 좋겠다고 말이야. 그리고 그 이름에 걸맞게 모두 초록색 안경을 쓰게 했어. 그러면 모든 것이 초록색으로 보일 테니까."

"이곳에 있는 것들이 전부 초록색이 아니란 말인가요?"

도로시가 물었다.

"다른 도시와 하나도 다를 게 없어. 초록색 안경을 쓰면 당연히 모든 게 초록색으로 보이지. 에메랄드 시는 아주 오래전에 지어졌어. 내가 풍선을 타고 이곳까지 날아왔을 때는 젊은 청년이었는데, 지금은 이렇게 늙은이가 되었으니까. 하지만 내 백성들은 워낙 오랫동안 초록색 안경을 쓰고 살아서, 대부분의 사람들은 이곳이 정말 에메랄드로 지어진 도시라고 믿게 되었어. 실로 아름다운 도시인 건 분명하단다. 보석과 귀금속, 그리고 사람들이 행복하게 사는 데 필요한 모든 것이 풍부하니까. 나는 백성에게 잘 대했고, 그들도 나를 좋아하지. 하지만 궁전을 짓고 난 다음부터는 이 방의 문을 닫아걸고 아무도 만나지 않았어.

가장 무서운 것은 마녀들이었지. 나에게는 마법의 힘이 전혀 없는데, 마녀들은 정말로 대단한 일을 해낼 수 있으니까. 이 나라에는 마녀가 넷 있었는데, 각각 동쪽, 서쪽, 남쪽, 북쪽을 다스렸어. 다행스럽게도 북쪽과 남쪽 마녀는 착한 마녀라서 나를 해치지 않으리라는 것을 알고 있었어. 하지만 동쪽과 서쪽 마녀는 끔찍하게 못된지라 내가 자기들보다 약하다는 것을 알면 나를 없애려 들 게 틀림없었지. 나는 오랜 세월 그들을 두려워하면서 살았어. 그러니 너희 집이 동쪽 마녀 머리 위로 떨어졌다는 말에 내가 얼마나 기뻤을지 상상이 될 거야. 너희가 나를 찾아왔을 때 나는 서쪽 마녀만 처치한다면 어떤 부탁이든 들어주겠다고 기꺼이 약속했지. 하지만 부끄럽게도, 마녀를 녹여버리고 왔는데 약속을 지킬 수 없다는 말을 해야 하는구나."

"할아버지는 정말 나쁜 사람인 것 같아요."

도로시가 말했다.

"그렇지 않다, 얘야! 난 아주 착한 사람이야. 마법사로서는 형편없지만. 그래, 그건 인정해야겠지."

"저에게 뇌를 줄 수 없는 거예요?"

허수아비가 물었다.

"자네는 뇌 같은 건 필요 없어. 매일 뭔가를 배우고 있잖아. 아기들은 뇌가 있어도 아는 건 거의 없지. 지식은 경험을 통해서만 얻어지는 거니까. 자네가 세상을 오래 살면 살수록 더 많은 경험을 하게 될 거야."

"그럴지도 모르지만, 뇌를 얻지 못하면 전 매우 불행할 거예요."

가짜 마법사는 허수아비를 유심히 바라보더니 한숨을 내쉬면서 말했다.

"좋아. 이미 말했듯이 난 마법사라고는 할 수 없어. 하지만 내일 아침에 다시 오면 자네 머리에 뇌를 넣어주겠네. 뇌를 어떻게 사용하는지는 알려줄 수 없으니 그건 자네 스스로 찾아내야만 해."

"고맙습니다, 고마워요! 사용법은 제가 알아내죠. 걱정 마세요!"

허수아비가 신이 나서 소리쳤다.

"그런데 제 용기는 어떻게 되는 거죠?"

사자가 걱정스러운 목소리로 물었다.

"내가 보기에 자네는 용기가 넘쳐흘러. 필요한 건 자신감이야. 살아 있는 모든 것들은 위험에 직면하면 두려움을 느끼지. 두렵더라도 위험에 맞서는 게 진정한 용기야. 그런 용기라면 이미 자네에게 충분히 있잖아."

"그럴지도 모르죠. 그래도 저는 겁이 나요. 두려움을 잊게 해줄 용기를 얻지 못하면 저는 매우 불행할 거예요."

"잘 알겠네. 내가 내일 자네에게 용기를 줄게."

"제 심장은요?"

양철 나무꾼이 물었다.

"글쎄, 나는 자네가 심장을 갖고 싶어 하는 게 잘못된 생각 같은데. 사람들 대다수는 심장이 있어서 불행하지. 자네가 그걸 안다면 심장이 없는 게 다행이라고 여길 텐데."

"그건 견해의 차이일 거예요. 전 심장을 얻게 되면 어떤 불행도 불평하지 않고 견뎌낼 거예요."

"알겠네. 내일 나에게 오면 심장을 주겠네. 그토록 오랜 세월 마법사 노릇을 했으니 조금 더 해도 괜찮겠지."

"그럼 저는 어떻게 캔자스로 돌아가죠?"

도로시가 물었다.

"그 문제에 대해서는 더 생각해봐야 할 것 같구나. 며칠 시간을 주면 사막을 건널 방법을 찾아보마. 어쨌든 그때까지는 여기에 머물러야겠지. 너희가 이 궁전에 머무는 동안에는 나의 신하들이 시

중을 들면서 원하는 것은 무엇이든 들어줄 거야. 내가 너희를 돕는 대신 한 가지 부탁이 있어. 내 비밀을 지켜주고, 내가 사기꾼이라는 말을 아무에게도 하지 말아다오."

도로시와 친구들은 오늘 알게 된 사실을 비밀로 하겠다고 약속하고, 들뜬 기분으로 방에 돌아왔다. 도로시조차 그 위대하고도 무시무시한 사기꾼 오즈가 캔자스로 돌아갈 방법을 찾아낼 거라는 희망에 부풀었다. 그렇게만 되면 그가 저지른 모든 짓을 기꺼이 용서할 작정이었다.

Chapter 16

위대한 사기꾼의 마술

The Magic Art of the Great Humbug

다음 날 아침, 허수아비가 친구들에게 말했다.

"축하해줘. 드디어 오즈가 나에게 뇌를 준다잖아. 돌아올 때는 다른 사람과 마찬가지로 똑똑해져 있을 거야."

"나는 언제나 네 모습 그대로를 좋아했어."

도로시가 담담하게 말했다.

"허수아비를 좋아해주다니 참 친절하구나. 하지만 내 뇌가 멋진 생각들을 해내면 나를 더 높이 평가하게 될 거야."

허수아비는 친구들에게 유쾌하게 인사한 뒤, 접견실로 가 문을 두드렸다.

"들어오거라."

오즈가 말했다. 허수아비가 안으로 들어가니 오즈는 창가에 앉

아 생각에 잠겨 있었다.

"뇌를 받으러 왔어요."

허수아비가 조금 불안한 목소리로 말을 건넸다.

"아, 그래. 저기 의자에 앉지. 내가 자네 머리를 떼어내도 화내지는 말게. 뇌를 제자리에 넣으려면 그렇게 할 수밖에 없어."

"물론이죠. 더 좋은 머리를 달 수만 있다면 얼마든지요."

마법사는 허수아비의 머리를 떼어내 속에 든 밀짚을 모두 꺼냈다. 그리고 뒷방으로 가서 그릇에 왕겨를 담고 그 안에 핀과 바늘을 잔뜩 넣었다. 마구 휘저어 세 가지를 골고루 섞은 다음, 그것을 허수아비의 머리 맨 윗부분에 집어넣었다. 그리고 그것이 잘 자리 잡도록 나머지 공간에 밀짚을 꽉 채웠다. 오즈는 허수아비의 머리를 다시 몸통에 붙이고 말했다.

"이제부터 자네는 뛰어난 사람이 될 거야. 내가 새로 만든 뇌를 많이 집어넣었으니 말이야."

허수아비는 자신의 가장 큰 소망이 이루어진 것이 몹시 기쁘고 자랑스러웠다. 그리고 오즈에게 진심 어린 감사 인사를 한 뒤 친구들에게 돌아왔다.

도로시가 궁금한 표정으로 허수아비를 바라보았다. 허수아비의 정수리 부분이 새로 넣은 뇌 때문에 불룩 튀어나와 있었다.

"기분이 어때?"

도로시가 물었다.

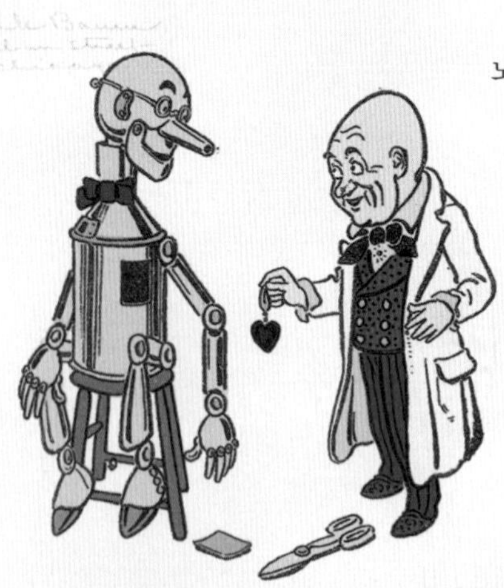

"정말로 똑똑해진 것 같아. 뇌를 사용하는 데 익숙해지면 모든 것을 알게 되겠지."

허수아비가 진지하게 대꾸했다.

"그런데 왜 핀과 바늘이 머리 밖으로 튀어나와 있지?"

양철 나무꾼이 물었다.

"그건 허수아비가 날카로워졌다는 증거겠지."

사자가 설명했다.

"그럼, 이제 내가 심장을 받으러 오즈에게 가야겠어."

양철 나무꾼이 말했다. 그리고 접견실로 가서 문을 두드렸다.

"들어오거라."

오즈가 대답했다. 양철 나무꾼은 방으로 들어가 말했다.

"제 심장 때문에 왔는데요."

"잘 알고 있네. 그런데 내가 자네 가슴에 구멍을 뚫어야 할 것 같아. 그래야 심장을 제자리에 넣을 수 있거든. 아프지 않았으면 좋겠네."

"하나도 안 아플 거예요. 저는 아무것도 느낄 수 없거든요."

오즈는 양철을 자르는 가위를 가져와서 양철 나무꾼의 왼쪽 가슴에 네모난 구멍이 생기도록 잘라냈다. 그리고 서랍장으로 걸어가서 비단 주머니에 톱밥을 채워 만든 심장을 꺼내왔다.

"어때, 예쁘지 않나?"

오즈가 물었다.

"정말 예뻐요! 그런데 그건 친절한 심장인 거죠?"

양철 나무꾼은 매우 기쁜 얼굴로 말했다.

"그럼, 당연하지!"

오즈는 심장을 양철 나무꾼의 가슴에 집어넣은 뒤, 조금 전에 잘

라낸 네모난 양철 조각을 대고 말끔하게 땜질했다.

“자, 이제 자네는 누구라도 자랑스러워할 심장을 갖게 되었어. 가슴에 땜질 자국이 생긴 건 미안하게 됐네. 어쩔 수 없었어.”

“그런 건 신경 쓰지 마세요. 정말 고맙습니다. 당신의 친절을 영원히 잊지 않을 거예요.”

양철 나무꾼이 행복한 표정으로 말했다.

“천만의 말씀을.”

양철 나무꾼은 친구들에게 돌아갔고, 나무꾼의 소원이 이루어진 것을 보고 모두 함께 기뻐했다.

이번에는 사자가 접견실 문을 두드렸다.

“들어오거라.”

오즈가 말했다.

“저는 용기 때문에 왔는데요.”

방에 들어서자마자 사자가 말했다.

“잘 왔네. 자네에게 용기를 주지.”

오즈는 찬장으로 가더니 높은 선반에서 네모난 초록색 병을 꺼냈다. 그리고 병에 든 것을 아름다운 무늬가 새겨진 황록색 접시에 따랐다. 그것을 겁쟁이 사자 앞에 내려놓자, 사자는 별로 내키지 않는 듯 킁킁 냄새를 맡았다.

“어서 마셔봐.”

"'I feel wise, indeed,' said the Scarecrow."

"이게 뭔데요?"

"이게 자네 몸으로 들어가면 용기로 변할 거야. 자네도 알다시피 용기는 언제나 내면에 있잖아. 그러니 자네가 이것을 삼키기 전에는 이걸 진짜 용기라고 부를 수 없지. 그러니 되도록 빨리 마시는 게 좋을 거야."

사자는 더 망설이지 않고 단숨에 접시를 비웠다.

"이제 기분이 어떤가?"

"용기로 가득 찬 것 같아요."

사자는 원했던 바를 이룬 소식을 친구들에게 전하러 신이 나서 돌아갔다.

혼자 남게 된 오즈는 허수아비와 양철 나무꾼과 사자의 소원을 이루어주는 데 성공했다는 생각에 뿌듯한 미소를 지었다. 그리고 중얼거렸다.

"이러니 내가 사기꾼이 될 수밖에. 다들 불가능한 줄 알면서도 나에게 그런 일을 해달라고 하니 말이야. 허수아비나 양철 나무꾼, 사자를 행복하게 해주는 일은 어렵지 않았어. 그들은 내가 뭐든 할 수 있다고 상상했으니까. 하지만 도로시를 캔자스로 보내는 건 상상만으로는 할 수 없는 일이야. 어떻게 해야 할지 모르겠군."

Chapter 17

기구를 띄우기

How the Balloon was Launched

사흘이 지나도록 도로시는 오즈에게서 아무런 소식도 듣지 못했다. 친구들은 모두 행복하고 만족스러웠지만 도로시에게는 우울한 하루하루였다. 허수아비는 자꾸만 머릿속에 멋진 생각이 떠오른다고 했다. 하지만 그게 어떤 생각인지 설명하지는 않았다. 자기 말고는 아무도 이해할 수 없다는 것을 잘 알기 때문이었다. 양철 나무꾼은 걸을 때마다 가슴에서 심장이 달그락거리는 것을 느꼈다. 자신이 살과 피를 가진 사람이었을 때 가졌던 심장보다 새로 얻은 심장이 더 상냥하고 따뜻한 것 같다고 말했다. 사자는 이제 세상에서 무서운 게 없다고 큰소리쳤다. 군대가 몰려오거나 무시무시한 칼리다가 열 마리쯤 덤벼도 기꺼이 맞서 싸울 수 있다고 했다.

여행을 함께했던 친구들은 모두 만족했지만 도로시는 그렇지 못했다. 다른 어느 때보다도 더 간절히 캔자스로 돌아가고 싶었다.

나흘째 되는 날, 드디어 오즈가 사람을 보내 도로시를 불렀다. 도로시는 기뻐하며 접견실로 향했다. 방 안으로 들어가자 오즈가 밝은 목소리로 맞이했다.

"앉아라, 애야. 네가 이 나라를 벗어날 방법을 찾아낸 것 같구나."

"그럼 캔자스로 돌아갈 수 있는 건가요?"

도로시가 간절하게 물었다.

"캔자스까지 갈 수 있을지는 확신이 없구나. 여기서 그곳이 어딘지 잘 모르겠거든. 하지만 우선은 사막을 건너야 해. 그러면 고향으로 돌아가는 길을 찾는 것도 아주 쉬워질 거야."

"사막은 어떻게 건너요?"

"내 생각을 말해줄게. 나는 이 나라에 올 때 풍선을 타고 하늘을 날아왔어. 너도 회오리바람에 실려 날아왔지. 그러니까 사막을 건너는 가장 좋은 방법은 하늘을 날아서 가는 거야. 물론 회오리바람을 만드는 건 내가 할 수 없는 일이란다. 하지만 곰곰이 생각해보니 내가 기구는 만들 수 있을 것 같구나."

"어떻게요?"

"비단으로 풍선을 만들어서 가스가 새지 않게 아교를 바르면 돼. 이 궁전에는 비단이 많으니까 만드는 건 그리 어렵지 않을 거야. 문제는, 이 나라에서는 풍선을 띄울 때 넣을 가스를 구할 수가 없단 말이야."

"기구가 뜨지 않으면 아무 소용도 없잖아요."

"그렇지. 하지만 다른 방법이 있어. 뜨거운 공기를 채우면 돼. 물론 가스만큼 좋지는 않아. 공기가 식으면 사막에 내려앉을지도 모르는데, 그러면 우리는 길을 잃는 거니까."

"우리라고요? 저와 함께 가시려고요?"

도로시가 놀라서 되물었다.

"물론이지. 이곳에서 사기꾼 노릇을 하는 것도 지쳤어. 내가 이 궁전 밖으로 나가면 백성들은 내가 마법사가 아니라는 사실을 금방 알아차리고 이제까지 속았다는 사실에 화를 낼 거야. 그러니 온종일 이 방에 갇힌 신세인데, 그건 정말 지루한 일이야. 이렇게 사느니 너와 캔자스로 돌아가 다시 서커스단에서 일하고 싶구나."

"할아버지가 함께 가시면 저도 좋아요."

"고맙다. 자, 비단 꿰매는 일을 도와주겠니? 지금부터 풍선을 만들어보자꾸나."

도로시는 실과 바늘을 가져와 오즈가 비단을 알맞게 자르는 즉시 말끔하게 꿰매서 이어붙였다. 우선 연두색 비단을 길게 잘라서 사용했고, 그다음에는 짙은 초록색을, 또 그다음에는 에메랄드빛 초록색 비단을 길게 잘라서 이었다. 오즈가 여러 색깔이 어우러진 기구를 만들고 싶어 했기 때문이다. 비단 조각을 서로 이어붙이는 데 사흘이 걸렸다. 일을 마치자 길이가 6미터가 넘는 커다란 초록색 비단 주머니가 만들어졌다.

오즈는 공기가 새어나가지 않도록 주머니 안쪽 면에 아교를 얇게 발랐다. 그런 다음 도로시에게 풍선이 다 준비되었다고 알렸다.

"이제는 우리가 탈 바구니가 있어야 해."

오즈는 초록색 구레나룻의 병사를 보내 빨래 담는 커다란 바구니를 가져오게 했다. 그리고 병사가 가져온 바구니에 여러 개의 밧줄을 묶어서 풍선의 아래쪽에 연결했다.

모든 준비가 끝나자, 오즈는 백성들에게 구름 속에 사는 형제 마법사를 방문할 예정이라고 알렸다. 그 소식은 에메랄드 시 전체에 재빨리 퍼졌고, 모든 사람들이 그 광경을 보기 위해 몰려들었다.

오즈는 기구를 궁전 앞에 놓으라고 명령했고, 사람들은 호기심 어린 눈으로 그것을 지켜보았다. 양철 나무꾼이 미리 베어놓은 장작더미에 불을 붙였다. 그러자 오즈는 기구 아랫부분을 불 위로 가져가 모닥불에서 올라오는 뜨거운 공기가 비단 주머니로 들어가도록 했다. 기구가 점점 부풀어 공중으로 떠올랐고, 드디어 바구니의 바닥이 땅에서 떨어질 정도가 되었다.

오즈가 바구니에 올라타서 커다란 목소리로 백성에게 말했다.

She was within a few steps of it, and Oz was olding out his hands to help her into the basket, when, crack! went the ropes, and the balloon rose into the air without her.

"Come back!" she screamed; "I want to go, too!"

"I can't come back, my dear," called Oz from the basket. "Good-bye!"

"Good-bye!" shouted everyone, and all eyes were turned upward to

“이제 나는 멀리 떠난다. 내가 없는 동안 허수아비가 너희를 다스릴 것이다. 나에게 그랬듯 허수아비의 말을 잘 따르거라.”

어느새 기구는 떠올라, 기구를 땅에 매어둔 밧줄을 팽팽하게 잡아당기고 있었다. 풍선 속 공기가 뜨거워져서 바깥 공기보다 훨씬 가벼워진 까닭이었다. 기구는 자꾸만 하늘로 올라가려 했다.

“어서 와라, 도로시! 서두르지 않으면 기구가 날아갈 거야.”

오즈가 소리쳤다.

“토토가 어딜 갔는지 찾을 수가 없어요.”

토토를 두고 갈 수는 없었다. 토토는 새끼 고양이를 쫓아다니며 짖어대더니 사람들 사이로 달아나버렸다. 마침내 도로시가 토토를 찾아서 품에 안고 기구를 향해 달려갔다.

기구까지 몇 발자국 남지 않았을 때, 도로시가 바구니에 올라타는 것을 도우려고 오즈가 손을 내밀었다. 그 순간, 땅에 묶인 밧줄이 툭 끊어지면서 풍선이 도로시를 남겨두고 하늘로 떠올랐다.

“돌아와요! 저도 가고 싶어요!”

“어쩔 수가 없구나. 잘 있거라!”

오즈가 외쳤다.

“안녕히 다녀오세요!”

사람들이 소리쳤고, 오즈가 점점 더 하늘 높이 올라가 이윽고 사라지는 모습을 지켜보았다.

그들이 위대한 마법사 오즈를 본 것은 이것이 마지막이었다. 어쩌면 오즈는 오마하에 안전하게 도착해서 그곳에 살고 있을지도 모른다. 하지만 에메랄드 시의 사람들은 오즈를 다정한 마음으로 기억하면서 이렇게 이야기를 나누어오고 있다.

"오즈 님은 항상 우리의 친구였어. 여기에 계실 때는 우리를 위해 아름다운 에메랄드 시를 건설하셨고, 이제 그는 없지만 우리를 다스릴 현명한 허수아비를 남겨두셨지."

그렇기는 해도 오랫동안 사람들은 위대한 마법사를 잃은 슬픔에 잠겼고, 그 슬픔은 무엇으로도 달랠 수 없었다.

Chapter 18

머나먼 남쪽으로

Away to the South

캔자스로 돌아갈 희망이 사라지자, 도로시는 너무나 슬퍼서 엉엉 울었다. 하지만 곰곰이 생각하니 기구를 타고 떠나지 않기를 잘한 것 같았다. 그래도 도로시와 친구들은 오즈를 다시 볼 수 없게 되어 못내 아쉬웠다.

양철 나무꾼이 도로시에게 말했다.

"나에게 따뜻한 심장을 준 사람을 그리워하지 않으면 난 정말로 은혜를 모르는 거잖아. 조금 울고 싶은데, 내가 녹슬지 않도록 네가 내 눈물을 닦아줘."

"물론이야."

도로시가 대답하고 나서 얼른 수건을 가져왔다. 그러자 양철 나무꾼이 한동안 눈물을 흘렸고, 도로시는 주의 깊게 지켜보면서 수

건으로 닦아주었다. 다 울고 난 나무꾼은 도로시에게 고맙다고 인사한 뒤, 만일을 위해 보석 박힌 기름통으로 온몸에 기름칠을 했다.

이제 허수아비가 에메랄드 시를 다스리게 되었다. 비록 마법사는 아니었지만 사람들은 허수아비를 자랑스럽게 여겼다.

"어쨌든 여기 말고 허수아비가 다스리는 도시는 세상 어디에도 없잖아요."

사람들은 이렇게 말했고, 그 말은 사실이었다.

오즈가 풍선을 타고 떠난 다음 날 아침, 네 친구는 접견실에 모여 도로시의 일을 의논했다. 허수아비가 커다란 왕좌에 앉고, 나머지는 그 앞에 공손하게 섰다.

"우리가 운이 나쁜 건 아닌 것 같아. 이 궁전과 에메랄드 시가 우리의 것이 되었고, 하고 싶은 일을 다 할 수 있잖아. 얼마 전까지만 해도 옥수수 밭의 장대 끝에 매달려 있었는데 이렇게 아름다운 도시의 지배자가 되다니, 난 정말 만족해."

에메랄드 시의 새로운 지배자가 말했다.

"나도 심장이 생겨서 정말 기뻐. 심장이야말로 내가 이 세상에서 유일하게 갖고 싶은 거였거든."

양철 나무꾼이 맞장구를 쳤다.

"나도 내가 다른 동물들보다 더는 아니더라도 못지않게 용감하다는 걸 알게 되어 만족스러워."

사자가 겸손하게 말했다.

"이제 도로시만 여기 에메랄드 시에서 사는 게 만족스럽다면 우리 모두 행복할 텐데……."

허수아비가 말했다.

"하지만 난 여기서 살고 싶지 않아. 캔자스로 돌아가서 엠 아줌마와 헨리 아저씨와 함께 살고 싶어."

도로시가 외쳤다.

"그럼 어떻게 할까?"

양철 나무꾼이 물었다.

허수아비가 생각해보기로 했다. 너무 열심히 생각하는 바람에 핀과 바늘이 머리 밖으로 튀어나올 정도였다. 그렇게 한동안 궁리하던 허수아비가 입을 열었다.

"날개 달린 원숭이들을 부르면 되지 않을까? 도로시를 데리고 사막을 건너달라고 하면 되잖아."

"그 생각은 전혀 못 했어! 바로 그거야. 지금 당장 황금 모자를 가져올게."

기쁜 마음으로 답한 도로시는 황금 모자를 가지고 접견실로 돌아와 주문을 외웠다. 그러자 곧 날개 달린 원숭이들이 열려 있던 창문으로 날아들어 도로시 곁에 한 줄로 섰다.

"이제 당신은 저희를 두 번째로 부르셨습니다. 어떤 명령을 내리시겠습니까?"

대장 원숭이가 도로시에게 허리를 굽혀 인사하고 물었다.

"하늘을 날아서 나를 캔자스까지 데려다 줘."

그러나 대장 원숭이는 고개를 저었다.

"그건 할 수 없습니다. 저희는 이 나라에 속해 있기 때문에 이곳을 떠날 수 없어요. 지금까지 날개 달린 원숭이 가운데 캔자스에 가본 원숭이는 없습니다. 아마 앞으로도 그럴 거예요. 저희는 캔자스에 속해 있지 않으니까요. 힘닿는 데까지 도와드리겠지만, 사막을 건널 수는 없습니다. 그럼 안녕히 계십시오."

대장 원숭이는 또 한 번 허리 굽혀 인사한 뒤, 날개를 펴고 창밖으로 날아갔다. 다른 원숭이들도 그 뒤를 따랐다.

도로시는 몹시 실망한 나머지 금방이라도 울어버릴 것 같았다.

"괜히 황금 모자의 마법만 헛되게 써버렸어. 날개 달린 원숭이들은 나를 도와줄 수 없다는데……."

"정말 마음이 아프구나!"

따뜻한 심장을 가진 양철 나무꾼이 말했다.

허수아비는 다시 생각에 잠겼다. 허수아비의 머리가 심하게 부푼 것을 본 도로시는 혹시나 터져버리지 않을까 걱정이 되었다.

"초록색 구레나룻의 병사를 불러서 물어보자."

허수아비가 말했다.

부름을 받은 병사가 머뭇거리며 접견실에 들어왔다. 오즈가 있었을 때는 어느 누구도 방 안으로 들어온 적이 없었기 때문이다.

"이 소녀가 사막을 건너고 싶어 하는데 어떻게 하면 좋을까?"

허수아비가 물었다.

"저는 모릅니다. 오즈 님 말고는 아무도 사막을 건넌 적이 없으니 말입니다."

"저를 도와줄 수 있는 사람도 없나요?"

도로시가 애타게 물었다.

"글린다라면 가능할지도 모르겠습니다."

"글린다가 누구지?"

허수아비가 물었다.

"The Scarecrow sat on the big throne."

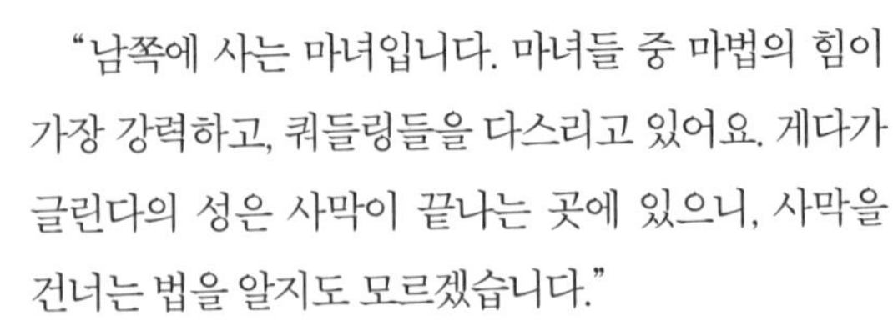

"남쪽에 사는 마녀입니다. 마녀들 중 마법의 힘이 가장 강력하고, 쿼들링들을 다스리고 있어요. 게다가 글린다의 성은 사막이 끝나는 곳에 있으니, 사막을 건너는 법을 알지도 모르겠습니다."

"글린다는 착한 마녀겠죠?"

도로시가 물었다.

"쿼들링들은 글린다가 착한 마녀라고 믿고 있습니다. 모든 사람에게 친절하다고요. 또 젊음을 유지하는 법을 알고 있어서, 나이가 많은데도 매우 아름답다고 들었습니다."

"글린다의 성에는 어떻게 가나요?"

도로시가 물었다

"남쪽으로 길이 쭉 뻗어 있습니다. 하지만 여행자들에게는 매우 위험하다고 합니다. 숲에는 여러 짐승들이 있고, 낯선 사람이 자기네 땅을 밟는 것을 반기지 않는 별난 종족도 있답니다. 그래서 쿼들링들은 지금까지 에메랄드 시에 와본 적이 없어요."

병사가 나가자 허수아비가 말했다.

"위험하더라도 남쪽 나라에 가서 글린다에게 부탁하는 게 가장 좋은 방법 같아. 도로시가 여기 계속 머물러봤자 캔자스로 돌아갈 수는 없을 테니까."

"또 생각을 깊이 해봤구나."

양철 나무꾼이 말했다.

"응."

허수아비가 고개를 끄덕였다.

"나는 도로시와 함께 갈 테야. 도시 생활이 지겨워. 숲과 들판이 그립다고. 난 야생 동물이잖아. 게다가 도로시를 보호해줄 누군가가 필요할 거야."

사자가 말했다.

"그 말이 맞아. 내 도끼도 도로시에게 도움이 될 거야. 그러니 나도 남쪽 나라로 함께 떠나겠어."

양철 나무꾼도 같은 의견이었다.

"그럼 우리 언제 출발할까?"

허수아비가 물었다.

"너도 가려고?"

다른 친구들이 놀라서 소리쳤다.

"당연하지. 도로시가 아니었으면 나는 영영 뇌를 얻지 못했을 거야. 또 나를 옥수수 밭의 장대에서 내려줬고, 에메랄드 시까지 데려왔지. 그러니 나의 행운은 모두 도로시 덕분이야. 도로시가 캔자스로 무사히 돌아갈 때까지 내내 함께 있을 거야."

"고마워. 모두 정말 친절하구나. 그럼 되도록 빨리 출발했으면 좋겠어."

도로시가 감동해서 말했다.

"내일 아침에 떠나자. 모두 제대로 준비하자고. 아주 긴 여행이 될 테니까."

허수아비가 말했다.

Chapter 19

나무들의 공격

Attacked by the Fighting Trees

다음 날 아침, 도로시는 초록 하녀에게 작별 인사로 입맞춤을 했고, 모두 문 앞까지 배웅해준 초록색 구레나룻의 병사와 악수했다. 성의 문지기는 도로시와 친구들을 다시 만나자 깜짝 놀랐다. 그들이 아름다운 도시를 떠나 또다시 험난한 여행길에 오른다는 게 믿어지지 않았다. 하지만 곧 그들의 안경을 벗겨서 초록색 상자에 넣은 뒤 여행길이 무사하기를 빌어주었다.

"당신은 이제 우리를 다스리는 분이에요. 그러니 최대한 빨리 돌아오셔야 합니다."

문지기가 허수아비에게 말했다.

"가능하면 꼭 그럴 거예요. 그래도 우선은 도로시가 집에 돌아갈 수 있도록 도와야 해요."

도로시가 문지기에게 작별 인사를 하며 말했다.

"이 멋진 도시에서 따뜻한 대접을 받았어요. 모두들 친절하게 대해주셨고요. 뭐라고 감사를 드려야 할지 모르겠어요."

"천만에. 네가 이곳에서 우리와 함께 지냈으면 좋겠지만, 캔자스로 돌아가는 게 소원이라니 꼭 방법을 찾았으면 좋겠구나."

말을 마친 문지기가 성문을 열었다. 도로시와 친구들은 성을 나와 여행을 시작했다.

남쪽 나라를 향해 방향을 잡으니 햇살이 환하게 얼굴을 비추었다. 모두 기분이 좋아서 함께 웃고 떠들었다. 도로시는 집에 갈 수 있다는 생각으로 다시 한 번 희망에 부풀었고, 허수아비와 양철 나무꾼은 도로시를 도울 수 있어서 기뻤다. 사자는 자연으로 돌아온 기쁨에 신선한 공기를 들이마시면서 꼬리를 이리저리 흔

들었다. 토토는 나방과 나비를 쫓아 즐겁게 짖어대며 일행의 주위를 맴돌았다.

모두 힘차게 걷는데, 사자가 입을 열었다.

"도시 생활은 나에게 전혀 맞지 않아. 에메랄드 시에 살면서 살이 엄청 빠졌다니까. 지금은 내가 얼마나 용감해졌는지 다른 동물들에게 보여줄 기회만 기다리고 있어."

도로시와 친구들은 고개를 돌려 마지막으로 에메랄드 시를 바라보았다. 초록색 성벽 위로 솟은 수많은 첨탑이 보였다. 그 가운데 오즈 궁전의 첨탑과 둥근 지붕이 가장 높이 우뚝 솟아 있었다.

"오즈가 아주 형편없는 마법사는 아니었어."

양철 나무꾼이 가슴에서 심장이 달그락거리는 것을 느끼며 이렇게 말했다.

"나에게 뇌를 주는 방법을 알고 있었지. 그것도 아주 지혜로운 뇌를 말이야."

허수아비가 맞장구를 쳤다.

"나에게 준 용기를 오즈도 한 모금 정도 마셨더라면 용감한 사람이 되었을 텐데."

사자가 덧붙였다.

도로시는 아무 말도 하지 않았다. 비록 오즈는 도로시에게 한 약속을 지키지 못했지만 최선을 다했으므로, 도로시는 그를 용서했다. 오즈 자신이 했던 말대로, 그는 형편없는 마법사였을지 모르지만 분명 착한 사람이었다.

여행의 첫날은 에메랄드 시를 둘러싸고 펼쳐진 푸른 들판과 화려한 꽃밭을 가로질러 갔다. 그리고 풀밭에서 별이 총총 빛나는 하늘을 머리 위에 두고 밤을 보냈다. 정말 편안하게 쉴 수 있었다.

아침이 되어 다시 여행길에 올랐고, 얼마쯤 가니 울창한 숲에 이르렀다. 왼쪽을 보아도, 오른쪽을 보아도 끝이 보이지 않을 정도로 숲은 길게 이어져 있었다. 숲을 빙 둘러서 지나갈 방법이 없었다. 게다가 길을 잃을까 봐 방향을 바꿀 엄두도 내지 못했다. 그래서 도로시 일행은 빽빽한 숲 속으로 그나마 발을 들여놓을 만한 곳을 찾기 시작했다.

앞장서서 가던 허수아비가 마침내 커다란 나무를 발견했다. 가지가 주위로 넓게 뻗어서 나무 밑 빈틈으로 지나갈 수 있을 것 같았다. 허수아비가 그쪽을 향해 걸어가 나무 아래로 지나가려는 순간, 나뭇가지가 구부러지면서 허수아비를 휘감았다. 다음 순간 허수아비가 공중에 붕 뜨더니 일행 사이로 머리를 박고 나가떨어졌다.

허수아비는 다치지는 않았지만 매우 놀랐다. 도로시가 일으키자 어지러운 듯 뭐가 어떻게 돌아가는지 모르겠다는 표정이었다.

"이쪽에도 나무 사이로 들어갈 틈이 좀 있어."

사자가 외쳤다.

"내가 먼저 갈게. 나는 내동댕이쳐져도 다치지 않으니까."

허수아비가 그 나무 사이로 걸어갔다. 하지만 이번에도 나뭇가지가 그 자리에서 허수아비를 붙잡아 던져버렸다.

"이상한 일이네. 어떡하지?"

도로시가 걱정스럽게 말했다.

"나무들이 우리와 싸울 생각인가? 숲을 지나가지 못하게 하려는 것 같아."

사자가 말했다.

"내가 나서야겠군."

양철 나무꾼이 중얼거리며 도끼를 어깨에 메고 허수아비를 거칠게 내던진 첫 번째 나무를 향해 다가갔다. 커다란 나뭇가지가 구부러지면서 나무꾼을 붙잡으려는 순간, 그가 도끼를 힘껏 휘둘러 가지를 두 동강 내버렸다. 그러자 고통스러운 듯 나무가 온 가지를 부르르 떨었다. 그사이 나무꾼은 나무 밑으로 안전하게 지나갔다.

"어서 와! 서둘러!"

양철 나무꾼이 친구들을 소리쳐 불렀다.

모두 앞으로 내달려 무사히 나무 밑을 지나갔다. 오로지 토토 혼자 작은 나뭇가지에 붙들려 이리저리 휘둘리며 낑낑대고 있었다. 하지만 양철 나무꾼이 얼른 가지를 잘라서 토토를 구해주었다.

숲에 있는 다른 나무들은 일행의 길을 막지 않았다. 도로시와 친구들은 숲의 맨 앞줄에 있는 나무들만이 가지를 움직일 수 있다고 결론을 내렸다. 아마도 그 나무들은 숲을 지키는 경비병 같은 것으로, 낯선 사람들을 쫓아내기 위해 놀라운 힘을 가지게 된 듯했다.

도로시와 친구들은 무사히 숲의 끝에 이르렀다. 그런데 놀랍게도, 하얀 도자기로 만든 것 같은 높다란 벽이 눈앞에 나타났다. 벽은 접시 표면처럼 매끄러웠고, 도로시 일행의 키보다 더 높았다.

"이제 어떻게 하지?"

도로시가 물었다.

"내가 사다리를 만들게. 성벽을 넘어야 할 테니까."

양철 나무꾼이 대답했다.

Chapter 20

앙증맞은 도자기 나라

The Dainty China Country

양철 나무꾼이 숲에서 나무를 베어 사다리를 만드는 동안, 오래도록 걸은 탓에 지친 도로시는 누워서 잠이 들었다. 사자도 몸을 둥그렇게 말고서 잠들었고, 그 곁에 토토가 함께 엎드렸다.

양철 나무꾼이 일하는 것을 지켜보던 허수아비가 입을 열었다.

"왜 이 벽이 여기에 있는지, 도대체 뭘로 만들어진 것인지 아무리 생각해도 모르겠어."

"네 뇌 좀 그만 부려먹어. 벽을 넘어가면 저 뒤에 뭐가 있는지 알게 될 테니까."

양철 나무꾼이 핀잔을 주었다.

얼마 뒤 사다리가 완성되었다. 어설퍼 보였지만, 양철 나무꾼은 사다리가 튼튼해서 성벽을 넘어가는 데에는 아무 문제가 없을 거

While Tin Woodman was making a ladder from wood which he found n the forest Dorothy lay down and slept, for she was tired by the long walk. The Lion also curled himself up to sleep and Toto lay beside him.

The Scarecrow watched the Woodman while he worked, and said to him:

"I cannot think why this wall is here, nor what it is made of."

"Rest your brains and do not worry about the wall," replied the Woodman; "when we have climbed

라고 장담했다. 허수아비가 도로시와 사자, 그리고 토토를 깨워서 사다리가 완성되었다고 말했다. 그리고 가장 먼저 사다리를 오르기 시작했다. 하지만 어찌나 불안하게 올라가던지 도로시가 뒤에 바짝 붙어 허수아비가 떨어지지 않게 잡아주어야 했다. 마침내 허수아비는 벽 위로 고개를 내밀더니 소리쳤다.

"세상에!"

"계속 올라가."

도로시가 재촉했다.

허수아비는 더 올라가 벽 위에 걸터앉았다. 곧이어 도로시도 벽 위로 고개를 내밀더니 탄성을 내질렀다.

"세상에!"

허수아비가 내뱉은 말과 똑같았다.

뒤따라 올라온 토토도 갑자기 짖어댔다. 도로시가 서둘러 토토를 진정시켰다.

다음에는 사자가, 그리고 마지막으로 양철 나무꾼이 올라왔다. 그리고 벽 너머를 보자마자 둘이 동시에 외쳤다.

"세상에!"

도로시와 친구들은 벽 꼭대기에 나란히 앉아서 저 아래 펼쳐진 이상한 광경을 지켜보았다.

그들 앞에는 커다란 접시처럼 매끄럽고 반짝이는 하얀색 바닥이 펼쳐져 있었다. 그리고 그 위에는 도자기로 만들어진 화려한 색깔의 집들이 곳곳에 흩어져 자리 잡고 있었다. 크기는 몹시 작아서 가장 큰 집이라고 해도 도로시의 허리 정도 높이였다. 도자기 울타리가 쳐진 작고 예쁜 외양간이 있었고, 역시 도자기로 만든 소, 양, 말, 돼지, 닭들이 무리 지어 있는 모습도 보였다.

그러나 무엇보다 가장 이상한 것은 이 이상한 나라에 사는 사람들이었다. 젖 짜는 여자들과 양 치는 여자들은 밝고 화려한 색 상의에 황금색 물방울무늬 드레스를, 공주들은 은색, 금색, 자주색이 섞인 호화로운 드레스를 입었다. 분홍색, 노란색, 파란색의 줄무늬 반바지를 입고 황금 버클이 달린 신발을 신은 양치기들도 보였다. 왕자들은 보석이 박힌 왕관을 쓰고, 몸에 꼭 끼는 새틴 웃옷 위에 하얀 털이 달린 망토를 걸쳤다. 어릿광대들은 주름 장식이 달린 가운을 입고 빨간 연지를 볼에 찍은 채 길고 뾰족한 모자를 썼다. 정말 놀라운 것은 이 사람들이, 심지어는 그들이 입은 옷까지 모두 도자기로 만들어졌다는 사실이었다. 게다가 모두 키가 몹시 작아서 가장 큰 사람도 도로시의 무릎에 닿을락 말락 할 정도였다.

처음에는 도자기로 만든 사람들이 도로시와 친구들 쪽을 전혀 쳐다보지 않았다. 유난히 큰 머리에 덩치는 작은 자주색 개 한 마리

" These people were all made of china."

만 벽 쪽으로 다가와 조그맣게 짖어댔으나 곧 달아나버렸다.

"여기서 어떻게 내려가지?"

도로시가 물었다.

양철 나무꾼이 만든 사다리는 너무 무거워서 벽 위로 끌어올릴 수 없었다. 그래서 허수아비가 먼저 아래로 뛰어내렸다. 나머지 친구들은 딱딱한 바닥에 발을 다치지 않도록 허수아비의 몸 위로 뛰어내렸다. 물론 실수로 허수아비의 머리를 밟아서 발에 바늘이 박히지 않도록 조심했다. 모두 안전하게 내려온 후, 몸이 납작해진 허수아비를 일으켜 몸통을 두들겨서 원래 모습으로 만들어주었다.

"남쪽으로 가려면 이 이상한 나라를 가로질러 가야만 해. 남쪽을 곧장 향하지 않고 다른 길로 돌아가는 건 바보짓이니까."

도로시가 말했다.

도로시와 친구들은 도자기 사람들의 나라를 걷기 시작했다. 처음 마주친 사람은 도자기 암소의 젖을 짜고 있는 도자기 아가씨였다. 일행이 다가가자 암소가 갑자기 뒷발질을 하는 바람에 발판과 양동이, 그리고 젖 짜는 아가씨까지 쨍그랑 소리를 내며 도자기 바닥에 나동그라지고 말았다.

암소의 왼 다리가 부러지고, 양동이가 산산조각이 나고, 아가씨의 왼쪽 팔꿈치에 금이 갔다. 이 광경을 본 도로시는 크게 놀랐다.

아가씨가 화나서 소리쳤다.

"세상에! 너희들이 한 짓을 좀 봐! 내 암소 다리가 부러졌잖아. 수선공에게 데려가서 아교로 다시 붙여야 해. 도대체 뭘 하려고 여기에 와서 내 소를 놀라게 하는 거야?"

"미안해요. 용서해주세요."

도로시가 사과했다.

하지만 아가씨는 잔뜩 토라져서 아무 대답도 하지 않았다. 그리고 뾰로통한 얼굴로 부러진 다리를 집어든 다음, 세 다리로 절룩거리는 가엾은 암소를 몰고 가버렸다. 아가씨는 금이 간 팔꿈치를 옆구리에 꼭 붙인 채, 어깨너머로 철없는 여행자들을 나무라는 눈빛을 여러 번 던지며 사라졌다.

도로시는 자기들 탓에 좋지 않은 일이 생겨서 마음이 아팠다.

"여기서는 정말 조심해야겠어. 그렇지 않으면 우리 때문에 이 작고 예쁜 사람들이 원래대로 회복될 수 없을 만큼 다칠지도 몰라."

따뜻한 심장을 지닌 양철 나무꾼이 말했다.

도로시는 조금 더 걸어가다가 아름다운 드레스 차림의 젊은 공주와 마주쳤다. 공주는 낯선 이들을 보자 멈칫하더니 곧 달아나기 시작했다. 도로시는 공주를 좀 더 자세히 보고 싶어서 뒤를 따라갔다. 그러자 도자기 공주가 소리쳤다.

"쫓아오지 마! 나를 쫓아오지 마!"

공주의 가냘픈 목소리가 너무 겁에 질려 있었기 때문에, 도로시는 걸음을 멈추고 물었다.

"왜 쫓아오지 말라는 거죠?"

"내가 달리다가 넘어져서 몸이 부서지면 어떡하니?"

공주가 적당한 거리를 두고 멈춰 서더니 대답했다.

"하지만 고칠 수 있지 않나요?"

"물론 그렇지. 하지만 그러면 처음처럼 예쁘지는 않잖아."

"그렇겠네요."

"저기 어릿광대 조커가 있군. 저 사람은 언제나 물구나무서기를 하려 해. 덕분에 자주 부서져서 셀 수 없이 여러 군데를 붙이고 고쳤지. 이제는 꼴이 말이 아니라니까. 마침 이쪽으로 오고 있으니, 네 눈으로 직접 확인해봐."

유쾌한 표정의 어릿광대가 그들을 향해 걸어오고 있었다. 빨강, 노랑, 초록이 어우러진 알록달록한 옷을 입었지만, 온몸에 이리저리 생긴 금을 보니 여러 곳을 고쳤다는 것을 한눈에 알 수 있었다.

어릿광대는 양쪽 손을 호주머니에 넣고 뺨을 풍선처럼 부풀린 채 도로시와 공주를 향해 건방진 태도로 고개를 끄덕였다. 그리고 시를 읊듯이 말했다.

"아름다운 아가씨,

가엾은 늙은 조커를

왜 그렇게 노려보시나요?
꼭 부지깽이라도 삼킨 듯이
뻣뻣하고 새침한 아가씨로군요!"

"그만 좀 해요! 이 낯선 분들이 보이지 않나요? 예의 좀 갖춰요."

공주가 핀잔을 주었다.

"이런 게 예의가 아니면 뭐가 예의인가요?"

어릿광대는 말을 마치고 나서 물구나무를 섰다.

"마음 상해하지 마. 조커는 머리에 금이 가서 바보가 됐어."

"아니에요, 아무렇지도 않아요. 그런데 공주님은 정말 예뻐요. 너무 사랑스러워요. 캔자스에 함께 가서 엠 아줌마의 벽난로 선반에서 살면 안 될까요? 바구니에 넣어 가면 될 것 같은데요."

도로시가 말했다.

"그렇게 되면 나는 몹시 불행할 거야. 우리는 도자기 나라에서 행복하게 살고 있어. 마음대로 말하고 돌아다닐 수도 있지. 하지만 누구라도 이곳을 떠나면 당장 몸이 뻣뻣하게 굳으면서 가만히 서 있을 수밖에 없어. 그러면 예뻐 보이기야 하겠지. 사람들이 우리를 벽난로 선반이나 장식장, 거실 탁자에 올려놓는 이유도 바로 그것이니까. 하지만 우리는 이 나라에서 사는 게 훨씬 즐거워."

"난 절대로 공주님을 불행하게 만들고 싶지 않아요! 그럼 그냥

갈게요. 잘 있어요."

도로시가 진심 어린 목소리로 말했다.

"잘 가!"

도자기 공주도 작별 인사를 했다.

도로시 일행은 걸음걸이를 조심하며 도자기 나라를 지나갔다. 작은 동물들과 사람들은 낯선 이들 때문에 다칠까 봐 모두 재빨리 길을 비켜주었다. 한 시간가량 지나자 일행은 도자기 나라의 반대편에 이르러 또 다른 도자기 벽과 마주하게 되었다.

하지만 첫 번째 벽만큼 높지는 않아서, 모두들 사자의 등을 밟고 올라가 벽 위에 다다를 수 있었다. 마지막으로 사자가 네 다리를 모아 몸을 움츠렸다가 위로 뛰어올랐다. 그런데 그 순간 꼬리로 도자기 교회를 치는 바람에 교회가 산산조각이 나버렸다.

"정말 미안한 일이네. 하지만 암소 다리 하나 부러뜨리고 교회 하나 부순 것 말고는 저 사람들에게 더 큰 피해를 주지 않아서 다행이야. 죄다 깨지기 쉬운 것뿐이니 말이야!"

도로시가 안도의 한숨을 내쉬었다.

"정말 그래. 내가 밀짚으로 만들어져 있어서 쉽게 다치지 않는 걸 고맙게 생각해. 허수아비로 사는 것보다 더 나쁜 일도 있구나."

허수아비가 동의했다.

Chapter 21

동물의 왕이 된 사자

The Lion Becomes the King of Beasts

도자기 벽에서 내려오니 길게 자란 풀이 우거진 습지와 늪이었다. 풀이 너무 무성해서 앞이 잘 보이지 않는 탓에 진흙 수렁에 빠지지 않고 걷기가 어려웠다. 조심스럽게 길을 골라 헤쳐나간 끝에 도로시와 친구들은 무사히 단단한 땅에 이르렀다. 그러나 그곳은 이제까지 지나온 어느 곳보다 거칠고 험한, 사람의 발길이 닿지 않은 곳이었다. 빽빽한 덤불을 헤치고 오랜 시간 힘들게 나아간 후에 또 다른 숲에 들어섰다. 그처럼 크고 오래된 나무들은 일행 중 누구도 본 적이 없었다.

"나무랄 데 없이 멋진 숲이군. 이렇게 아름다운 곳은 처음 봐."

사자가 주위를 둘러보며 감탄했다.

"좀 어둡고 으스스한 것 같은데."

허수아비가 말했다.

"전혀 그렇지 않아. 난 평생 이런 곳에서 살고 싶어. 발아래 밟히는 낙엽이 얼마나 부드러운지 느껴봐. 여기 늙은 나무들에 붙은 푸른 이끼는 또 얼마나 푹신하다고. 야생 동물에게 이처럼 좋은 곳은 다른 어디에도 없을 거야."

사자가 말했다.

"이 숲에 사나운 짐승들이 살고 있을 것 같아."

도로시가 말했다.

"그럴지도 몰라. 하지만 아직은 한 마리도 못 봤어."

사자가 대답했다.

일행은 주위가 캄캄해져서 여행을 더는 계속할 수 없을 때까지 줄곧 걸었다. 밤이 되자 도로시와 토토, 사자는 누워 잠이 들었고, 양철 나무꾼과 허수아비는 언제나처럼 근처를 살피며 깨어 있었다.

아침이 되자 도로시와 친구들은 다시 길을 떠났다. 얼마 걷지 않았을 때, 어디선가 많은 짐승들이 한꺼번에 으르렁대듯 낮게 웅웅거리는 소리가 연이어 들려왔다. 토토는 잠시 낑낑거렸지만 나머지 일행은 전혀 무서워하지 않고 잘 닦인 오솔길을 따라 계속 걸어갔다. 마침내 숲 속의 탁 트인 빈터에 이르렀다. 그런데 호랑이, 코끼리, 곰, 늑대, 여우 할 것 없이 온갖 동물 수백 마리가 모여 있었다. 도로시가 겁을 내자, 사자는 동물들이 회의를 하는 중이라고 설명하면서, 으르렁대는 소리를 들어보니 뭔가 커다란 문제가 있는 것 같다고 했다.

몇몇 동물이 우연히 사자를 보고는 모두 마법에라도 걸린 것처럼 그 자리에서 입을 다물었다. 호랑이 가운데 몸집이 가장 큰 호랑이 한 마리가 달려와 사자에게 인사하면서 말했다.

"동물의 왕이시여! 마침 잘 오셨습니다. 저희를 괴롭히는 적과 싸워 물리쳐서 숲 속 동물 모두에게 평화를 찾아주십시오."

"무슨 문제가 있기에 그러느냐?"

사자가 조용히 물었다.

"얼마 전에 무서운 적이 나타나 저희를 위협하고 있습니다. 커다란 거미처럼 생긴 무시무시한 괴물입니다. 몸집은 코끼리만 하고, 나무줄기처럼 굵고 긴 다리가 여덟 개나 달려 있습니다. 숲을 돌아다니면서 그 긴 다리로 동물을 사로잡아 입으로 끌어당겨 삼켜버립니다. 마치 거미가 파리를 잡아먹듯 말이지요. 이 괴물이 살아 있는 한 저희는 누구 하나 안전하지 못합니다. 그래서 어떻게 대처해야 할지 의논하고 있었는데, 마침 당신께서 오신 거예요."

사자가 잠시 생각에 잠겼다가 물었다.

"이 숲에 다른 사자는 없느냐?"

"없습니다. 몇 있었는데 괴물이 모두 잡아먹었어요. 게다가 그 사자들은 모두 당신처럼 몸집이 크고 용감하지 않았습니다."

"내가 그 괴물을 처치하면, 나를 숲 속의 왕으로 모시고 내 명령을 따르겠느냐?"

"물론입니다. 기꺼이 그렇게 하겠습니다."

호랑이가 대답했다. 그러자 다른 동물도 입을 모아 크게 소리쳤다.

"그렇게 하겠습니다!"

"괴물 거미는 지금 어디

에 있느냐?"

"저기 보이는 참나무 숲에 있습니다."

호랑이가 앞발로 가리켜 보이며 말했다.

"당장 가서 괴물을 처치할 테니 내 친구들을 잘 부탁한다."

사자는 친구들에게 인사한 뒤, 적과 싸움을 벌이기 위해 당당하게 걸어갔다.

사자가 커다란 거미를 찾아냈을 때 마침 괴물은 잠들어 있었다. 그 모습이 너무 흉측해 똑바로 바라볼 수 없을 지경이었다. 호랑이의 설명대로 다리가 매우 길고, 온몸은 거칠고 검은 털로 뒤덮여 있었다. 거대한 입안으로 길이가 30센티미터쯤 되는 날카로운 이빨이 나란히 보였다. 하지만 머리와 몸통은 말벌 허리만큼이나 가느다란 목으로 연결되어 있었다. 사자는 바로 그곳이 괴물의 약점이라는 것을 알아차렸다. 게다가 상대가 깨어 있을 때보다 자고 있을 때 공격하는 게 더 쉽다는 것을 알고 있었기에, 곧바로 펄쩍 뛰어 괴물의 등에 올라탔다. 그런 다음 날카로운 발톱이 달린 앞발로 내려쳐서 한 방에 괴물 거미의 머리를 몸통에서 떼어냈다. 거미의 등에서 뛰어내린 사자는 긴 다리가 흐느적거리지 않을 때까지 지켜보면서 괴물 거미가 완전히 죽은 것을 확인했다.

사자는 동물들이 기다리고 있는 숲 속의 빈터로 돌아와서 자랑스럽게 말했다.

"더 이상 괴물을 두려워할 필요 없다."

그러자 동물들은 모두 허리 굽혀 절을 하며 사자를 왕으로 받들었다. 사자는 도로시가 무사히 캔자스로 돌아가면 곧장 숲으로 돌아와 동물들을 다스리겠다고 약속했다.

Copyright 1899
By L. Frank Baum
and W. W. Denslow.
All rights reserved
The WONDERFUL
WIZARD OF OZ
1900

Chapter 22

쿼들링들의 나라

The Country of the Quadlings

도로시와 친구들이 어두컴컴한 숲을 무사히 빠져나왔을 때, 깎아지를 듯 가파른 언덕이 눈앞에 나타났다. 기슭에서 꼭대기에 이르기까지 온통 커다란 바위투성이인 언덕이었다.

"오르기 쉽지 않겠어. 그래도 꼭 언덕을 넘어야만 해."

허수아비가 이렇게 말한 뒤 앞장을 서고 나머지 친구들이 뒤를 따랐다. 첫 번째 바위에 거의 다다랐을 때 거친 목소리가 들렸다.

"돌아가!"

"누구세요?"

허수아비가 물었다. 그러자 바위 위로 머리 하나가 불쑥 나오더니 아까와 같은 목소리로 말했다.

"이 언덕은 우리 것이다. 아무도 이곳을 지나갈 수 없어."

“우리는 지나가야 해요. 쿼들링의 나라로 가는 길이니까요.”

허수아비가 대답했다.

“안 된다고 했잖아!”

그러더니 이제까지 한 번도 본 적 없는 괴상하게 생긴 사람이 바위 뒤에서 나왔다.

키가 몹시 작고 뚱뚱한 남자였다. 머리는 아주 큰데다 정수리 부분이 평평했고, 그것을 주름이 가득 잡힌 굵은 목이 떠받치고 있었다. 그런데 남자에게는 양팔이 없었고, 그 모습을 본 허수아비는 저렇게 불편한 몸으로 길을 막는 건 힘들 테니 두려워하지 않아도 된다고 생각했다.

“당신 뜻대로 해줄 수 없어서 미안하군요. 하지만 당신이 좋든 싫든 우리는 언덕을 넘어가야만 해요.”

말을 마치자마자 허수아비는 거침없이 앞으로 나아갔다.

그 순간 남자의 목이 쭉 늘어나면서 머리가 번개처럼 튀어나오더니, 정수리의 평평한 부분이 허수아비의 몸통을 들이받았다. 허수아비는 데굴데굴 굴러서 언덕 밑으로 떨어졌다. 남자의 머리는 튀어나올 때와 마찬가지로 순식간에 제자리로 돌아갔다. 남자는 매몰차게 웃으면서 말했다.

"생각만큼 쉽지 않을걸!"

다른 바위들 뒤에서 떠들썩한 웃음소리가 한꺼번에 터져나왔다. 도로시는 언덕을 뒤덮은 수백 개의 바위마다 팔 없는 망치 머리들이 하나씩 숨어 있는 것을 보았다.

허수아비가 굴러떨어지는 걸 보면서 비웃어대는 꼴을 보자, 사자는 몹시 화가 났다. 그래서 천둥 같은 소리로 으르렁거리며 언덕 위로 달려갔다. 이번에도 머리 하나가 재빨리 튀어나왔고, 덩치 큰 사자도 마치 대포알에 맞은 듯 언덕 아래로 구르고 말았다.

도로시는 달려 내려가 허수아비를 일으켰다. 여기저기 멍이 들고 상처 입은 사자가 도로시에게 다가와 말했다.

"머리로 들이받는 녀석들과 싸워봤자 소용없을 것 같아. 저런 놈들은 아무도 당할 수가 없어."

"그럼 이제 어떻게 해?"

도로시가 물었다.

"날개 달린 원숭이들을 부르자. 원숭이들을 부를 기회가 한 번 더 남아 있잖아."

양철 나무꾼이 의견을 냈다.

"맞아, 그렇지."

도로시는 황금 모자를 쓰고 주문을 외웠다. 늘 그렇듯이 원숭이들은 쏜살같이 날아왔고, 몇 분 지나지 않아 원숭이 무리가 모두 도로시 앞에 모였다.

"어떤 명령을 내리시겠습니까?"

대장 원숭이가 허리를 굽혀 인사하고 물었다.

"우리를 저 언덕 너머 쿼들링의 나라로 데려다 줘."

"명령대로 하겠습니다."

대장 원숭이의 대답과 동시에 날개 달린 원숭이들이 네 여행자와 토토를 품에 안고 하늘로 날아올랐다. 원숭이들이 언덕을 날아서 지나가자 화가 난 망치 머리들이 고함을 지르며 공중으로 머리를 쏘아댔다. 하지만 날개 달린 원숭이들이 있는 곳까지 닿을 리는 없었다. 원숭이들은 안전하게 언덕을 넘어 도로시와 친구들을 아름다운 쿼들링의 나라에 내려주었다.

"이번이 당신의 마지막 명령이었습니다. 안녕히 가십시오. 행운을 빕니다."

대장 원숭이가 도로시에게 말했다.

"잘 가. 정말 고마웠어."

도로시도 작별 인사를 했다. 원숭이들은 하늘로 날아올라 눈 깜짝할 사이에 사라졌다.

쿼들링 나라는 풍요롭고 행복해 보였다. 곡식이 익어가는 들판이 끝없이 이어지고, 그 사이로 잘 포장된 도로가 뻗어 있었으며, 잔물결을 일으키며 흐르는 맑은 개울 위로 튼튼한 다리가 놓여 있었다. 윙키들 나라는 노란색, 먼치킨들의 나라는 파란색이 칠해져 있던 것과 마찬가지로 울타리와 집, 다리가 모두 밝은 빨간색으로 칠해져 있었다. 쿼들링 사람들은 키가 작고 통통하며 성격이 좋아 보였는데, 그 옷도 모두 빨간색이었다. 그래서 초록색 풀이나 노랗게 익어가는 곡식과 대비를 이루어 더 화려해 보였다.

원숭이들은 도로시 일행을 어느 농가 근처에 내려주었다. 집으로 가서 문을 두드리니 농부의 아내가 문을 열어주었고, 도로시는 먹을 것을 좀 줄 수 없는지 물었다. 그러자 아줌마는 훌륭한 한 끼 식사가 될 만한 케이크 세 가지와 과자 네 가지를 내어주었다. 토토에게는 그릇에 우유를 부어주기도 했다.

"여기서 글린다의 성까지는 얼마나 먼가요?"

도로시가 물었다.

"그다지 멀지 않아. 남쪽으로 길을 따라가면 금방 도착할 거야."

친절한 아줌마에게 고맙다는 인사를 한 뒤, 도로시와 친구들은 다시 길을 떠났다. 들판을 지나고 예쁜 다리 몇 개를 건너자 눈앞에 아름다운 성이 보였다. 성문 앞에는 소녀 세 명이 서 있었는데, 모두 가장자리를 금색 술로 장식한 멋진 빨간색 제복 차림이었다. 도로시가 다가가자 한 소녀가 물었다.

"남쪽 나라에는 무슨 일로 오셨나요?"

"이곳을 다스리는 착한 마녀를 만나러 왔어요. 저를 그분께 데려다 주시겠어요?"

도로시가 부탁했다.

"이름을 알려주시면 제가 글린다 님께 가서 여러분을 만나주실지 여쭤보겠습니다."

도로시와 친구들이 각자의 이름을 말하자 소녀 병사는 성으로 들어갔다. 그리고 잠시 뒤 돌아와 도로시와 친구들에게 당장 들어가도 좋다고 전했다.

Chapter 23

착한 마녀,
도로시의 소원을 들어주다

The Good Witch Grants Dorothy's Wish

글린다를 만나러 가기 전에, 도로시와 친구들은 성에 있는 어느 방으로 먼저 안내되었다. 그곳에서 도로시는 세수를 하고 머리를 빗었다. 사자는 갈기에 묻은 흙먼지를 털어냈고, 허수아비는 몸통을 손으로 두드려 몸매를 가다듬었으며, 양철 나무꾼은 양철로 된 몸이 윤이 나도록 닦고 관절에 기름칠을 했다.

모두 말끔하게 단장을 마친 후 소녀 병사의 안내를 받아 커다란 방으로 들어갔다. 방에는 마녀 글린다가 루비로 만들어진 왕좌에 앉아 있었다.

글린다는 젊고 아름다웠다. 붉은색의 풍성한 머리카락이 어깨까지 물결치며 흘러내렸고, 새하얀 드레스를 입고 있었다. 마녀는 파란색 눈동자로 도로시를 상냥하게 내려다보았다.

"얘야, 뭘 도와줄까?"

도로시는 지금까지 자기에게 일어난 일을 모두 이야기했다. 회오리바람에 실려 오즈의 나라에 오게 된 이야기, 친구들을 만나게 된 이야기, 또 친구들과 함께 겪은 놀라운 모험을 남김없이 말했다. 그리고 다시 말을 이었다.

"지금 제가 가장 바라는 것은 캔자스로 돌아가는 거예요. 엠 아줌마는 분명 저에게 안 좋은 일이 일어났다고 생각하시고는 장례 준비를 하실 테니까요. 그런데 올해 농사가 잘되지 않았으면 헨리 아저씨는 아줌마에게 상복을 마련해줄 여유가 없어요."

글린다는 몸을 앞으로 기울여 고개를 꼿꼿이 들고 있는 귀엽고 사랑스러운 소녀의 얼굴에 입을 맞추었다.

"네 기특한 마음에 은총이 깃들기를! 캔자스로 돌아갈 방법을 내가 알려줄 수 있을 것 같구나."

그리고 글린다가 덧붙였다.

"하지만 그 대신 내게 황금 모자를 줘야 해."

"드리고말고요! 사실 저에게는 이제 아무 소용도 없어요. 모자를 가진 사람은 날개 달린 원숭이에게 오직 세 번만 명령을 내릴 수 있거든요."

"그래. 나도 딱 세 번만 도움을 받을 생각이란다."

도로시가 황금 모자를 건네주자 글린다가 허수아비에게 물었다.

"도로시가 여기를 떠나면 너는 어떻게 할 거지?"

"저는 에메랄드 시로 돌아가야지요. 오즈가 저에게 에메랄드 시를 다스리라고 했고, 그곳 사람들도 저를 좋아하거든요. 단 한 가지 걱정스러운 건 망치 머리들의 언덕을 어떻게 지나갈지예요."

"내가 황금 모자를 사용해서 날개 달린 원숭이들을 불러내 너를 에메랄드 시로 보내주마. 너처럼 훌륭한 지도자를 그곳 사람들에게 돌려보내지 않는 건 부끄러운 일이니까."

"제가 정말 훌륭한가요?"

허수아비가 물었다.

"뛰어나게 훌륭하지."

글린다가 이번에는 양철 나무꾼을 돌아보며 물었다.

"도로시가 떠나면 넌 어떻게 할 거지?"

양철 나무꾼은 도끼에 몸을 기대고 서서 생각에 잠겼다. 그리고 잠시 후에 입을 열었다.

"윙키들이 저에게 매우 친절하게 대해주었고, 못된 마녀가 죽은 뒤에는 제가 그 나라를 다스려주길 바랐지요. 저도 윙키들이 좋아요. 그러니 서쪽 나라로 돌아갈 수 있다면 내내 그들을 다스리며 살고 싶어요."

"그럼 날개 달린 원숭이들에게 내릴 두 번째 명령으로, 너를 윙키들의 나라로 안전하게 데려다 주라고 해야겠구나. 너의 뇌는 허수아비의 것만큼 크지는 않지만, 윤이 나게 잘 닦기만 하면 훨씬 더 현명해질 수 있으니 윙키들을 지혜롭게 잘 다스리라고 믿는다."

다음으로 글린다는 덩치 크고 털이 덥수룩한 사자에게 물었다.

"도로시가 집으로 돌아가면 너는 어쩌겠니?"

"망치 머리들의 언덕 너머에 오래되고 커다란 숲이 있어요. 그곳에 사는 동물 모두 제가 왕이 되기를 바라고 있고요. 그 숲으로 돌아갈 수만 있다면, 남은 삶을 그곳에서 행복하게 살고 싶어요."

"그럼 세 번째 명령으로, 날개 달린 원숭이들에게 널 그 숲으로 데려다 주라고 하마. 그리 되면 황금 모자의 마법은 다 쓰게 되니, 나는 그 모자를 대장 원숭이에게 돌려주어 원숭이들이 영원히 자유롭게 살 수 있도록 하겠다."

허수아비와 양철 나무꾼과 사자는 착한 마녀가 베푸는 친절에 진심으로 고마워했다. 도로시가 감탄하며 말했다.

"당신은 아름답기만 한 게 아니라 마음까지 따뜻한 분이시네요. 하지만 제가 캔자스로 돌아갈 방법은 아직 알려주지 않으셨어요."

"너의 은 구두가 사막을 건너게 해줄 거란다. 구두가 지닌 마법의 힘을 진작 알았더라면 오즈 나라에 온 첫날 엠 아줌마에게 돌아갈 수 있었을 텐데……."

"하지만 그랬다면 저는 훌륭한 뇌를 얻지 못했을 거예요. 농부의 옥수수 밭에서 평생을 보냈을 거고요."

허수아비가 소리쳤다.

"저는 따뜻한 심장을 얻지 못했을 거예요. 이 세상이 끝날 때까지 숲 속에서 녹슨 채 서 있었을지도 몰라요."

양철 나무꾼도 말했다.

"그리고 전 영원히 겁쟁이로 살아야 했을 거예요. 숲 속 어떤 동물도 저를 칭송하지는 않았을 거고요."

사자도 거들었다.

"모두 옳은 말이에요. 저도 이렇게 좋은 친구들에게 도움이 되어서 얼마나 기쁜지 몰라요. 하지만 이제 모두 간절히 원하던 것을 얻고 각자 다스릴 나라까지 생겨서 행복해하니, 저는 캔자스로 돌아가야겠어요."

도로시가 말했고, 곧 마녀가 대꾸했다.

"네 은 구두에는 놀라운 힘이 있지. 가장 신기한 건, 그 구두를 신고 세 걸음만 걸으면 이 세상 어느 곳이든 갈 수 있다는 거야. 게다가 눈 깜짝할 새에 한 걸음을 가지. 너는 그저 구두 뒤축을 세 번 맞부딪치면 된단다. 그러고 나서 네가 가고 싶은 곳으로 데려가라고 명령만 하면 돼."

"그렇다면 지금 당장 캔자스로 데려가라고 부탁할래요!"

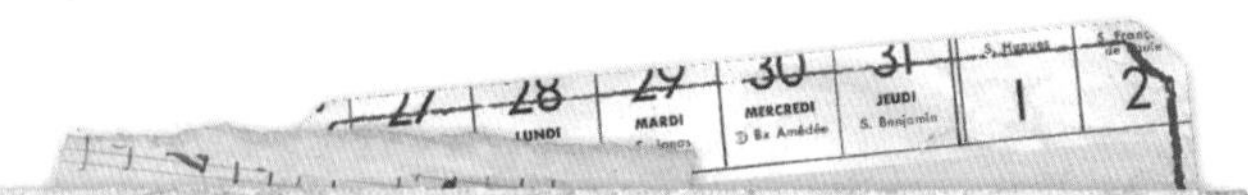

" You must give me the Golden Cap."

Achtung!
Nur f. wissenschaftliche
Forschung geeignet!

도로시가 기뻐하며 소리쳤다. 도로시는 사자의 목을 끌어안고 입을 맞추면서 커다란 머리를 부드럽게 쓰다듬었다. 그리고 관절이 녹슬어버릴 정도로 울고 있는 양철 나무꾼에게 다가가 입을 맞추었다. 하지만 허수아비에게는 그려넣은 얼굴에 입을 맞추는 대신 밀짚이 채워진 푹신한 몸을 끌어안았다. 도로시 자신도 사랑하는 친구들과 헤어지는 것이 슬퍼서 어느새 눈물을 흘리고 있었다.

착한 마녀 글린다가 루비 왕좌에서 내려와 도로시에게 작별의 입맞춤을 해주었다. 도로시도 글린다에게 자신과 친구들을 친절하게 대해줘 고맙다고 인사했다.

도로시는 토토를 품에 껴안고 마지막 인사를 한 뒤, 은 구두 뒤축을 세 번 맞부딪치며 말했다.

"엠 아줌마가 있는 집으로 데려가 줘!"

* * * *

그 순간 도로시는 빙글빙글 돌면서 하늘을 날았다. 얼마나 빠르게 날았던지 귓가에 바람 소리만 윙윙 들릴 뿐, 앞을 볼 수도 느낄 수도 없었다.

은 구두가 딱 세 걸음을 내딛고 갑자기 멈추면서, 도로시는 자기가 어디에 있는지도 모른 채 풀밭 위를 몇 바퀴 굴렀다.

마침내 도로시가 일어나 앉아 주위를 둘러보고는 소리 질렀다.

"어머나, 이럴 수가!"

도로시는 캔자스 대평원에 앉아 있었다. 회오리바람에 옛집이 날아가버린 뒤 헨리 아저씨가 새로 지은 집이 바로 앞에 보였다. 헨리 아저씨는 헛간 앞마당에서 소젖을 짜고 있었다. 토토가 도로시의 품에서 빠져나가 반갑게 짖으며 헛간을 향해 달려갔다.

풀밭에서 일어나면서 도로시는 자기가 양말만 신고 있다는 것을 알아차렸다. 하늘을 나는 동안 은 구두가 벗겨져 사막으로 떨어지는 바람에, 구두가 어디로 갔는지는 영원히 알 수 없게 되었다.

Chapter 24

집으로 돌아오다

Home Again

엠 아줌마는 양배추 밭에 물을 주러 집 밖으로 나오다가 자기를 향해 달려오는 도로시를 발견했다.

"우리 아가! 도대체 어디에 있다가 이제야 오는 거니?"

엠 아줌마가 도로시를 품에 안고 얼굴 여기저기에 마구 입을 맞추었다.

"오즈 나라에요."

도로시가 진지하게 말했다.

"여기 토토도 왔어요. 아, 엠 아줌마! 집에 돌아와서 얼마나 기쁜지 몰라요!"

「허밍버드 클래식」

동시대를 호흡하는 문학가들의 신선한 번역과 어른들의 감수성을 담은 북 디자인을 결합해
시대를 초월한 고전 읽기의 즐거움을 선사하고자 합니다.

01 한유주의 《이상한 나라의 앨리스》
02 부희령의 《오즈의 마법사》
03 김경주의 《어린 왕자》
04 김서령의 《빨강 머리 앤》
05 배수아의 《안데르센 동화집》
06 허수경의 《그림 형제 동화집》
07 한유주의 《키다리 아저씨》
08 윤이형의 《메리 포핀스》
09 김서령의 《에이번리의 앤》
10 함정임의 《페로 동화집》